SAIKYO NO SYOKUGYO WA KAITAIYA DESU!

最強の職業は解体屋です！ 3

ゴミだと思っていた
エクストラスキル『解体』が
実は超有能でした

FUKUDA AKIKAZU
服田晃和

Illust. ひげ猫

ミリオ
Aランクパーティー
『蒼龍の翼』のリーダー。
穏やかで人望がある。
戦闘では前衛を受け持つ。
アレク
本編の主人公。
名門貴族の次男として
生まれる。前世は日本人で、
解体作業のベテランだった。
ユウナ
フェルデア王国の王女。
とある呪いを受けて、
体が徐々に石化している。

登場人物紹介

SAIKYO NO SYOKUGYO WA
KAITAIYA DESU!

CHARACTERS

ヴァルト
バッカス侯爵家の長男。
実直で曲がったことが大嫌い。
幼い頃、アレクと友人になる。
ユミル
『蒼龍の翼』の軽騎士で、
見るだけで相手の強さを
判別できる。
アレクの手料理を好む。
アリス
ラドフォード家の令嬢。
父親はフェルデア王国の
王弟。幼い頃、アレクと
友人になる。

調査隊がミーリエン湖を出発してから三日目の朝。

俺とフリオさんとウッドさんは、王都に帰還するため馬車に乗り込もうとしていた。御者《ぎょしゃ》はシュウナさんとポプラさんが務めてくれるようだ。

フリオさんが馬車に右足をかけて少し黙り込むと、俺とウッドさんに向かって頭を下げてきて言う。

「すまんアレク、ウッド！　申し訳ないんだが、帰りは馬車の客車でポプラと二人きりにしてもらえないだろうか！」

フリオさんに懇願《こんがん》されて困ってしまった。

御者席は二人しか乗れない。フリオさんとポプラさんが客車で二人きりになるなら、同じ馬車に乗ることになっているシュウナさん、ウッドさん、俺のうち二人で御者を務め、一人が他の馬車に行かなければならない。

すると、ポプラさんが御者席から降りてきて、フリオさんに向かって怒鳴《どな》り始めた。

「何、訳分かんないこと言ってんの！　さっさと乗りなさい！　他の皆に迷惑でしょ！」

しかしフリオさんも食い下がる。

「一生のお願いだ。頼む」

いつもとは違って真摯《しんし》な態度で頭を下げるフリオさんに、ポプラさんとウッドさんは狼狽《うろた》えてしまう。

するとそこに、先頭の馬車に乗り込んでいたはずのユミルさんがやってきた。

「……アレク……向こうの馬車に乗ろ」

そう言って俺の手を引っ張ると、『蒼龍《そうりゅう》の翼《つばさ》』の面々が乗っている馬車の方へ向かっていく。

俺がフリオさん達のことが心配になって振り返ると、ウッドさんが御者席に乗り込んでいる姿が見えた。

俺はホッとして顔を正面に向けた。


馬車の中へと乗り込むと、そこにはキリカさんが座っていた。

ユミルさんはキリカさんの対面に座ると隣の席をポンポンと叩き、「……座って」と言って俺を隣に座らせる。そしてなぜか俺の頭をひと撫《な》でしたあと、その手を自分の膝《ひざ》の上に置いた。

キリカさんがユミルさんに向かって言う。

「この子のこと、随分《ずいぶん》気に入っているのね、ユミル」

「……可愛いでしょ？」

「そうね。まぁ私も聞きたいことがあったしちょうどいいわ」

キリカさんはそう言うと、収納袋からパイプのようなものを取り出してプカプカと吸い始めた。前世の煙草《たばこ》のような匂《にお》いは全《まった》くせず、花のいい香りが漂ってきた。キリカさんが息をフーっと吐くと白い煙が空を漂う。

一服したのち、キリカさんからの質問が始まった。

「貴方《あなた》、三属性も魔法を使えるのね。しかもすべて上級魔法まで。王都で自己紹介してもらった時は、火と土って言ってなかったかしら？」

「え、えっと、一応風魔法も使えるんですけど自信がなかったものですから。すみません」

「あらそうなの。それにしては、貴方の『雷槍《サンダーランス》』は素晴らしかったわ。私には到底出せない威力《いりょく》だったもの」

「ははははは……恐縮です」

「それに最後の魔法。『隕石《メテオ》』と言ったかしら？　あんな魔法初めて見たわよ。私の故郷でも使える人なんていなかったはずよ」

「故郷？　キリカさんはどこの出身なんですか？」

俺は自分への質問をなんとか遮《さえぎ》り、キリカさんに尋ねる。これ以上突っ込まれたら、いらぬ情報まで話してしまいそうで怖い。

「私はね、ベルデン魔法王国の出身なのよ。色々あって今はここにいるけど。あの国の魔法学の進歩は他国の追随《ついずい》を許さないの。そのベルデン魔法王国ですら、貴方が行使した魔法を使える人はいなかったのよ。この意味分かる？」

キリカさんの目つきが変わる。俺の心の奥底を見透かすような、恐ろしい目つきだ。

キリカさんは再びパイプを口にする。

俺は唾《つば》を呑《の》み込み、慎重に答えようとする。ここで間違った回答をしてしまえば、俺の未来はあまりいい方向に行かないような気がしてならない。手のひらにはべっとりとした汗がにじみ出ていた。

「……キリカ……手出しちゃダメ」

すると、隣に座っていたユミルさんが頬を膨らませながら俺に抱き着き、キリカさんに向かって怒ったような口調で言い放った。ユミルさんに抱き着かれたせいで、俺は三日前の出来事を思い出してしまい、体を硬直させる。

だがそんなことより、今、問題なのは論点がズレていることだ。キリカさんはそんな下心のある目で俺のことを見ていない。利用価値がある存在として見ているのだ。

俺は下腹部に力を入れ、自身の欲望を抑え込むことに集中しながら、キリカさんの反応を待った。

パイプを口から離し、白い煙を吐き出したキリカさんの口から出た言葉は意外なものだった。

「あらどうして？　私が強い男大好きなの、知ってるでしょ？　私とアレクの子ならきっと凄《すご》い魔法使いになるに違いないわ。それに、ユミルなんかより私の方がいいでしょ？」

「……キリカ……おばさん。……すぐ垂れる」

「はぁ!?　何言ってんのアンタ！　まだピチピチの二十七歳なんですけど!!」

「……私十七歳……まだ成長期。……キリカはオルヴァがお似合い」

「あんなムキムキ誰が好きになるってのよ。私は可愛い子が好みなの！　ね、坊や。今日の夜は私についてきなさい？　いい夢見させてあげるから」

キリカさんはそう言うと、俺の顎《あご》に手を当ててゆっくりと顔を近づけてきた。

キリカさんの顔の下あたりには、ユミルさんのより二回りほど大きいお山が二つある。ユミルさんのを富士山と例えるなら、キリカさんのお山はエベレストだ。アリスは残念ながら山と呼べるほどのものを有していない。しいて言うなら丘だ。

俺は、さながら歴戦の登山家であるかのごとく、どうアタックして登頂すべきかを練り始める。しかしユミルさんの抱きしめる力が再び強さを増してきたので、俺はアタックを断念した。

俺の目と鼻の先の距離にキリカさんの顔が近づくと、フッと煙を吹きかけられる。妖艶《ようえん》な眼差しは、まるで小悪魔のように俺の瞳を見つめていた。

「……息臭《くさ》い……歯磨いた方がいい」

ユミルさんはキリカさんにそう言って俺を片腕で抱きしめながらも、自らの鼻を摘《つま》み、あっちいけと手を振る。

王都で出会った時と比べるとユミルさんは遥《はる》かに接しやすくなった。それは間違いない。それに心なしか、表情も豊かに見えるようになった気がする。

俺はそう思いつつ、二人が言い合いを続けるところを生暖かい目で見続けていた。

王都の検問前に辿《たど》り着いた俺達は馬車から降り、荷物を荷台から降ろしていく。ここで馬車を返却可能な状態にしておかないとあとで困るからな。

すると、後ろの方から激しめの口論が聞こえてきた。自然と周囲の人間は口論が行われている所に向かっていく。

俺もなんだか気になってしまい、野次馬《やじうま》みたいで少し嫌な気もしたが現場へ向かった。するとそこには、右頬を盛大に腫《は》らしたフリオさんと怒っているポプラさんがいた。

「すまない」

「すまないじゃないわよ!!　なんで私が冒険者辞めなきゃいけないのよ！」

「それは……俺がお前を失いたくないからだ！」

「はぁ!?」

どうやらフリオさんはポプラさんに冒険者を辞めるように迫っているようだった。

理由はきっとミーリエン湖で起きた事件がきっかけだろう。フリオさんはポプラさんを失いたくないと言っていたし、今後もあのような事件が起きないとも限らないからな。だがポプラさんも譲る気はないようで、口論になっているといったところか。

「今回の戦いで気付いたんだ。俺は自分の命より、ポプラの命が大切なんだ。だから……頼む！」

フリオさんはそう言って頭を下げる。ポプラさんは恥ずかしそうに頬を赤くしながらも意見を変えようとはしない。

「冒険者になった時から死ぬ覚悟なんてできてるわよ！　それにアンタはユミルさんが好きなんでしょ？」

「ユミルさんに抱《いだ》いてたのは憧《あこが》れだって気付いたんだ。俺は……お前が好きだ、ポプラ！　だから頼む！　冒険者を辞めて俺と結婚してくれ！　これまで以上に稼いでみせるから！　絶対に後悔はさせない！」

フリオさんはポプラさんの肩を掴みながら必死に懇願する。

しかしポプラさんが放ったのは、渾身《こんしん》の一撃だった。右手から放たれたビンタがフリオさんの左頬を穿《うが》つ。

パシィィンと乾いた音が鳴り響き、周囲には静寂《せいじゃく》が訪れた。

そしてポプラさんが口を開く。

「そんなに私のことが好きだったら、これからも守ってみなさいよ！　トマト野郎に一人で立ち向かったアンタだったらそれくらいできるでしょ！」

「で、でも」

「でもじゃない！　私はアンタと冒険するのが好きなのよ！　それを私から奪って結婚して欲しいですって？　ふざけるのも大概《たいがい》にしてよ！　好きな女なら全力で守るのが漢《おとこ》でしょ‼」

「は、はい」

「はぁ……それで、いつ結婚するのよ」

「え、いいのか？」

「二度も言わせないでよ！」

「お、おう。じゃあ今日で」

両頬を盛大に腫らしたフリオさんがポプラさんにそう答えると、ポプラさんは恥ずかしそうにフリオさんに抱き着いた。

それを見ていた周囲の人間から盛大な拍手が沸き起こった。それにつられて俺も自然と両手を叩き始めていた。

「おめでとう！」

「おめでとう！」

戦いが終わり、ようやく俺達に平穏が訪れた瞬間だった。

まぁこのあと、俺は、キリカさんとユミルさんに両腕を引っ張られて死にかけることになるのだが……それはまた別の機会に語るとしよう。

■

それから四日が経過した。

王都に帰還してすぐに、ギルドマスターのヘレナさんへの報告が始まった。

オークロードは人工的に出現した可能性が極めて高いこと。どうやって発生させたのかは謎《なぞ》だが、元凶となる人物と遭遇し、やむを得ず殺してしまったこと。その人物は調査隊の誰よりも強く、倒せたのは運がよかったこと。そして元凶《げんきょう》は一人ではなく、組織に所属している可能性が高いということ。

これらの報告をヘレナさんにした結果、問題はギルド内部だけで収まるようなものではないと判断された。下手をすれば国家を揺るがす問題になりかねないということで、ヘレナさんは王城へ赴《おもむ》き、事件の報告を行ったそうだ。

俺はといえば、忘れていた睾丸《こうがん》の報酬《ほうしゅう》と今回の件の報酬で白金貨八百枚を手に入れた。オークロードの睾丸が四つで白金貨四百枚もするらしい。ただのオークの睾丸とはえらい違いだ。

苦労はしたがその分大金持ちになった。このまま何不自由なく暮らせるほどの金だ。しかも今回の報酬は平等に分配されたわけではなく、俺とフリオさんが一番もらったため、同行した冒険者の皆に飯をおごったりした。

厄介《やっかい》だったのは、キリカさんとユミルさんだ。

ユミルさんはまだマシな方で優しくご飯に誘ってくれただけだが、キリカさんは直接宿に誘ってきたのだ。

それで二人は口論を始めてしまい、ユミルさんに「行き遅れ」と罵倒《ばとう》されたキリカさんは、ショックを受けて泣いてしまった。結局、オルヴァさんとミリオさんを含めた五人でご飯を食べに行き、キリカさんの話を翌日の朝まで聞く羽目《はめ》になった。

そして今現在、俺とミリオさんとフリオさんの三人は、王城へと続く道を走っている馬車に揺られているところだ。

今回の件について国から褒美が出るらしい。俺は幼い頃に王城に何度か足を運んだことがあるからあまり緊張はしていないが、フリオさんはものすごく緊張していた。着慣れない服を着こなしながらも両足はがくがくと震えている。

「な、なんで俺も行かなきゃいけねーんだ。アレクとミリオさん達だけでいいだろ！」

「そんなことはない。君があの時グレンに立ち向かわなければ、僕らは君とアレクを残して全員死んでいた。君は間違いなく英雄だよ。自分を誇るんだ」

「そうですよ。フリオさんがいなければ俺はあの場に戻ることもできませんでした。自信を持ってください！」

「わ、分かってるけどよぉ……流石《さすが》に怖いぜ。なんか粗相《そそう》して首でも飛ばされたらたまったもんじゃやねぇ」

「ははは！　礼節を重んじていればそんなことは起こり得ないさ。それに陛下と顔を合わせるのなんてものの数分だからね。作法は教えてもらえるからその通りにやればいいだけだよ」

俺とミリオさんでフリオさんを元気付けているうちに、馬車は王城に到着した。

近衛兵にボディチェックをしてもらい、待合室へと案内される。

フリオさんは緊張しすぎて戻しそうになっていた。待合室で簡単な作法の指導をしてもらうと俺達の準備は終了した。

「もう一度呼びに参りますので、三十分ほどお待ちください」

そう言ってメイドさんが部屋を出ていく。

俺達は机の上に置かれた菓子を腹に入れながら、談笑して時間が来るのを待った。

十五分ほどすると、ノックもされずに勢いよく部屋の扉が開いた。突然のことに驚き、俺達は顔を扉の方へ向ける。そこには数ヶ月ぶりに見る父の姿があった。

「久しぶりだな、アレクよ！」

そう言って満面の笑みで近づいてくる父。だが憎悪《ぞうお》に満ちた俺の顔を見た父は、その足を止めて俺と距離を取りながら話を続けてきた。

「ちょうど用があって王都に来ていたのだが、話は聞いたぞ！　オークロードを二体も同時に討伐《とうばつ》するとはな！　父として誇らしいぞ！」

「……そうですか」

「それに魔法が使えるのならなぜそう言わん！　それが分かっていれば、お前を跡取《あとと》りにすべく教育したというのに！　まぁお前も無事にウォーレン学園に入学したことは知っている。あとはしっかりと卒業して家督《かとく》を継げばいい！」

「……そうですね」

「リアもきっと喜ぶことだろう！　まぁ今後のことはゆっくりと話し合おうではないか。またあとでな！」

父はそう言うと、ミリオさんとフリオさんには目もくれずに部屋をあとにして出ていった。

アイツは何も反省しちゃいない。俺の名を騙《かた》り、エリック兄さんを利用し、アリスを傷つけたことも、俺をいない存在として扱ったことも。

すべてを有耶無耶《うやむや》にしてなかったことにできると、本気でそう考えている顔だった。

俺がすべてを知っていることもアイツは気付いていたはずだ。それなのに、何が父として誇らしいだ。反吐《へど》が出る。俺はお前の息子だということを一度も誇りに思ったことはない。

「アレク、お前、貴族の息子だったのか？」

椅子に座っていたフリオさんが驚いた様子で話しかけてきた。ミリオさんも驚いた様子で菓子を食べる手を止めていた。

俺は作り笑いで二人に返事をする。

「数ケ月ほど前までの話ですよ。今はただのアレクです」

俺が彼らにそう答えた時、部屋の扉がノックされた。近衛兵《このえ》が「準備ができました」と言って部屋の中へ入ってきた。

それから近衛兵の後ろに続いて王城内を歩いていく。そして巨大な扉の前に辿り着くと、三人並んで待機させられた。

ここは謁見《えっけん》の間《ま》と呼ばれ、王と会う際に利用される部屋だ。フリオさんは緊張が限界突破しているのか、顔面蒼白《そうはく》になっている。

暫《しばら》くして扉の両側に立っていた二人の騎士により、巨大な扉が開かれる。

俺達は近衛兵と共に真っ直ぐと中へ進んでいき、指示された位置で足を止めた。

目の前には陛下が座るであろう豪華な椅子が用意されており、両側から貴族の面々が俺達をジロジロと眺めている。その中には勿論《もちろん》父の姿もあった。

「アルバート・ラドフォード陛下がお見えになられます」

椅子の横に立つ男性が言葉を発したと同時に俺達は片膝をつき、顔を下に向ける。陛下が来るまでの間、この姿勢で待機しなければならない。

コツコツと硬い靴《くつ》が床を蹴る音が聞こえ、その音はだんだんと近づいてくる。そしてその音が鳴りやんだあと、陛下の声がした。

「面《おも》を上げよ！」

俺達は揃って顔を上げる。そして陛下の隣にいる男性が話し始めた。

「先日、ミーリエン湖周辺においてオークロードが二体出現した」

この言葉に周囲にいた貴族達がざわつき始める。中には「大丈夫か?」と心配する者もいれば「さっさと退治《たいじ》すればよい」と安易に考えている者もいる。

「だがこの二体のオークロードは、アレク・カールストンとアリス・ラドフォード嬢による決死の奮闘により討伐された!」

その言葉に俺はピクリと体を反応させる。周囲からは歓声が巻き起こっているが、そんなことは大した問題ではない。

「カールストン」と呼ばれた。

つまり父が手配し、この場で、俺がカールストン家の一員であることを周囲に知らしめたということだろう。

「さらに二人の帰還後、異変を調査するために派遣された調査部隊が、オークロードを人工的に出現させたと思《おぼ》しき人間と遭遇した。その者は腹《はらわた》をえぐり取られても死なず、未知の魔法を使用したとされている」

歓声で沸いていた場内は、男性の言葉により再び沈黙に包まれた。

「しかし! 調査隊の者達の獅子《しし》奮迅《ふんじん》の活躍により、見事脅威《きょうい》は打ち払われた! ここにいる三名はその中でも目覚ましい活躍をした者達である! よってこの三名に褒賞を与える!」

男性の言葉により再び周囲の貴族は表情を緩ませ、俺達に向かって歓声を浴びせる。褒められたことでフリオさんも落ち着きを取り戻したのか、顔色も温かみを取り戻していた。

「『蒼龍の翼』リーダー、ミリオ！」

「は！」

「貴殿は類稀《たぐいまれ》なる才覚で調査隊を率《ひき》い、見事脅威を打ち滅ぼしてくれた。よって王金貨一枚を与える。さぁミリオ！」

「は！　我が剣はフェルデア王国のために！」

王金貨一枚。これは額で言えば一千万円というとてつもないものだが、それ以上の価値がこの金貨にはある。この金貨を所有していることがステータスになるのだ。なぜならこの金貨は陛下から頂戴《ちょうだい》するしか所持する方法がないからだ。近衛兵から金貨を受け取ったミリオさんはその手を震わせている。

「冒険者フリオ！」

「は！」

「貴殿は非才《ひさい》の身でありながらも、脅威に立ち向かい調査隊の命を守るのみならず、民の命をも守ってくれた。よって貴殿には白金貨五十枚と功労勲章《こうろうくんしょう》を授けるものとする！　さぁフリオ！」

「は、は！　我が剣はフェルデア王国のために！」

そう言うと、フリオさんは震えながら白金貨が入った袋と勲章のメダルを手に取った。

功労勲章と言えば我が国では一番下の勲章だが、それでも平民の人間がもらうことはあまりないはずだ。周囲の貴族は功労勲章ならと納得し、拍手をしていた。

そしてようやく俺の番がやってくる。

「アレク・カールストンよ！」

「は！」

「貴殿は賢者ヨルシュをも凌《しの》ぐ魔法の才で、オークロードの討伐のみならず、我が国を脅《おびや》かす存在を打ち滅ぼした！　さらにこの者はワシの姪《めい》でもあるアリスの命をも救っている！」

陛下の言葉に周囲の空気がざわめいた。

賢者ヨルシュ様といえば、当代きっての魔法使いであり、国お抱えの存在である。その賢者よりも目の前にいる俺が魔法の才に優れていると、陛下は断言した。さらに陛下の姪でもあるアリスの命を救ったともなれば、その褒賞は計り知れないだろう。

「よって、アレク・カールストンに栄労《えいろう》勲章を与え、男爵に叙《じょ》する！　アレクよ！」

「え？」

俺は突然のことに慌てる。男爵に叙すだと？　そんな話は聞いていない。フリオさんもミリオさんも目を見開いて驚いている。

周囲の貴族も驚きの声を上げていたが、一番驚いた顔をしているのは、俺の父親、ダグラスだった。たとえカールストンという姓が同じであったとしても、これにより俺の家と父親の家は別物として扱われることになるからだ。

「お、お待ちくださいま陛下！　アレクは我が息子でございます！　将来は私の跡を継ぐ予定になっているのです！」

「はて、お主にはエリックという名の立派な長男がいたはずじゃが？」

「そ、それは……」

「皆の者。アレクは確かにダグラスの息子ではあるが、次男であり、家督を継ぐ予定はないと言っていた。この才覚が我が国から失われるのは実に惜《お》しいことである。そう思わんか？」

陛下の言葉に、父を除いた他の貴族は慌てて頷く。陛下の隣に立っていた男性も深く頷き、フリオさんに至っては首がもげるのではないかというほど首を縦に振っていた。

それを見た陛下は満足そうに頷くと、再び俺の顔を見て宣言した。

「アレク・カールストンに栄労勲章を与え、男爵に叙する！　アレクよ」

「は！　我が剣はフェルデア王国のために！」

「うむ。アリスをよくぞ守ってくれた」

陛下の言った「アリスを守ってくれた」の意味が、オークロードからなのか、洗脳の件からなのかは分からない。だがいずれにしても、俺は今日陛下より男爵の爵位を下賜《かし》され、改めてアレク・カールストンに戻った。父の呪縛《じゅばく》から逃れられたことは確かかもしれないが、再び彼らと同じ姓を名乗ることになったのだった。

■

アレク達が調査隊の任務を終えて陛下と謁見し、褒美を得ている頃――一人の男が森の中を歩いていた。

木々は何者かの手によって薙《な》ぎ倒され、本来湖だったその場所は水たまりすらなくなっている。

その代わりに巨大な石が湖のあった場所に置かれていた。

「まったく、手間がかかる奴だ」

男はそう一言呟《つぶや》くと強く地面を蹴り、巨大な石の上へと飛び乗った。そして飛び乗った石に右の手のひらを当てる。

数秒後、地面の上に存在していたはずの巨大な石は跡形《あとかた》もなく消滅していた。

石という邪魔な存在がなくなったからか、地面に残っていた黒い血だまりの中から人間の体が修復されていく。

そして、元からそこに人がいたかのように赤髪の青年が現れた。

「あークソ!!　やられちまったぜ!!」

アレクとフリオの作戦により、その命を絶《た》ったはずのグレンが生まれたままの姿で言葉を発した。

「何がやられちまっただ。貴様の悪い癖《くせ》だ。手を抜くからこうなる」

「いやいや！　今回は割とマジだったぜ？　白髪野郎《はくはつやろう》が意外と強くてよ！」

グレンは大げさな身振り手振りで如何《いか》にアレクが強かったのかを目の前の男に説明する。

しかし男は呆れた様子でため息をつくと、話題を変えるために裸のグレンに服を投げつけた。

なぜグレンが手を抜いたと決めつけるのか。それは男にしか分からないことである。グレンは服を受け取るとせっせと着始めた。

「まぁいい。さっさと服を着てその見すぼらしい体を隠せ」

「分かったよ。でも本当に強かったんだぜ？　なんてったって俺の体が貫《つらぬ》かれたんだからな」

グレンはニヤッとしながら自身の体が貫かれたことをなんとも嬉しそうに語る。まるでその行為がどれほど快感だったか、目の前の男にも教えたいという顔だ。

しかし目の前の男は驚いた表情をしつつも冷静な態度を崩さず、グレンに対する質問を続ける。

とはいえ男は当初の目的を忘れ、グレンのペースにはまっていた。

「そいつは凄いな。それで、勿論その白髪野郎は消したんだよな？」

「あん？　消すわけねぇだろ！　アイツはまだまだ成長する！　そこを美味《おい》しく料理するのが楽しいんじゃねーか！」

「はぁ……計画に支障が出たらどうするつもりだ？　貴様が責任を取るというのか？」

「流石にガキ一人いただけで崩れるような計画じゃねぇだろ！　それとも自信がないのか、ヴァーラン？」

服を着終えたグレンは、茶化すようにヴァーランと呼んだ男に言葉をかける。

ヴァーランはそっぽを向くと、不満そうな顔をしながらポツリと呟いた。

「道端《みちばた》の小石を取り除いておきたいだけだ。計画を滞《とどこお》りなく進めるためにな」

ヴァーランはポケットの中から黒い石を取り出した。これはグレンがオルヴァ達に見せていた石だ。

ヴァーランがその石を取り出す様子を見て、グレンは「やべっ」と言って慌て始めた。ポケットの中に手を入れるが、勿論そんな所に入っているわけがなく、地面に落ちているはずでもない。

そしてグレンは空《くう》の中に手を突っ込み、ガサガサとまさぐり始めた。しかし数分経ってもお目当ての石が見つかることはなく、肩を落として深くため息をついた。

「やべぇよ、なくしちまった。ネアにドヤされる」

「馬鹿だな。ネアに会ったら頭を下げるしかないぞ？　……クク、貴様がネアに頭を下げるなど何年ぶりだろうか」

「うるせぇよ馬鹿が!!　俺だって謝りたくねーんだよ！　……でもアイツが真剣にアレを作ってることは知ってるからな。チッ、クソ！」

グレンは自分が紛失した石をネアがどれだけ苦労して作っているか、知っている。普段は馬鹿にしたりからかったりしている存在だが、彼女が真剣に取り組んでいることに関しては馬鹿にしたりはしない。計画のためとかそういう話ではなく、グレンが彼女自身を多少なりとも大切な存在だと心の奥底で認識しているからだ。かつてネアが報告に来た際に少しからかってみせたのは、手を貸してやろうか？　という彼なりの意思表示だったりもする。

「まぁネアに謝るのはあとにして、作戦を開始するぞ」

「作戦？　実験はどうすんだ？　俺はモンスターどもの死体を集めて、石を使って効果を確認しろって言われただけなんだが」

「既《すで》に石の効果はお前が石に潰されている間にリディアナによって確認された。今回はモンスターの死体を集め、とある場所でそれを解き放つ。今回はかなりのモンスターの死体が必要になるぞ」

「あぁ？　……おいおい、もしかして狙いは王都とか言うなよ？　まだ早いんじゃねーのか？」

グレンはヴァーランの言葉に驚きを隠せないでいた。

石の効果が確認できたということは、グレンが知っている石の効果は正しかったのだ。モンスターの死体に使えば何が起きるかも理解できている。そのモンスターの死体を相当数集めるということは、どこかを襲撃するのだ。

「問題はない。これで王都が潰れることはない。賢者ヨルシュもいるからな。それに王都襲撃自体が、この作戦の本来の目的ではない。フランの計画が順調に進めば、王都に国中の貴族が集まることになるだろう。そこで我々の邪魔となりそうな者を殺す」

「マジか……それって俺も襲撃に参加していいのかよ？」

「ダメだ。お前が参加すれば無駄に死者が出るだろう。セツナ様はそれをお許しにはなっていない。

俺とお前は石の力を発動させたあと、ノスターク帝国に向かう。王都に関してはネアが監視してくれるはずだ」

「クソが」

ヴァーランは作戦の内容をグレンに伝え終えると石をポケットの中へとしまい込み、森の中へ向かって歩き始めた。グレンも悪態《あくたい》をつきつつ、ヴァーランの隣を並行して歩き始める。

既に森の中ではモンスター達が彼らを狙い、涎《よだれ》を垂らしながら食事が近づいてくるのを待っていた。

「さーてと、このゴミくずどもで憂さ晴らしでもするかぁ!!」

「死体は残せよ。灰にしたら流石に役に立たんからな」

二人はお互いに言葉をかけながら、戦闘を開始した。

■

それから数時間後。

アレクが巨大隕石《いんせき》を落としたこの場所から、彼ら以外の生命体は姿を消していた。


陛下との謁見が終了し、俺——アレク、ミリオさん、フリオさんの三名は帰路に就く——とはいかず、俺だけ王城に取り残されてしまった。謁見の間を出た直後、アリスの父であるエドワード公に呼び止められ、応接間に案内されたのだ。

そこで暫く待ち、現在は俺とエドワード公、それに陛下と髭《ひげ》の長い爺《じい》様の四人で机を囲んでいる。

「まずは礼を言わせてくれ。アリスを洗脳から救ってくれて本当にありがとう。君のおかげでアリスは幼い頃のようによく笑うようになった。ただまぁ気が強い子になってしまったのは否《いな》めないけど」

エドワード公は俺に向かって笑みを作りながら頭を深く下げる。しかし俺はそれを制し、今度は俺が机に額《ひたい》をこすりつけながら謝罪をした。

「アリスから話を聞いたかとは思いますが、すべての元凶は私の父です。どんな処罰でも甘んじて受ける覚悟でいます」

「君を罪に問うつもりはないよ。アリスから話を聞いたからね。君が寂しい思いをしてきたことは知っている。ただダグラスには責任を取ってもらう。私の可愛い娘を傷つけた罪は死をもってすら生ぬるい」

エドワード公は笑いながらそう言ってくれたが、その瞳は今すぐにでも父を斬り刻んでやりたいという目をしていた。だが陛下が話を引き継ぎ、父への処罰が軽いものとなってしまうことが分かった。

「普通の貴族であるならば、極刑とはいかずとも取り潰しになっても仕方がない罪じゃ。王族を騙《だま》したのだからな。しかし、カールストン家には大事な役目があるのじゃよ。お主の兄か、もしくはお主が成人するまでは大きく処罰することはできんのじゃ。カールストン家を失うわけにはいかぬからの」

「役目ですか？　そういえば昔そんなことを言っていたような……」

「今は話せぬが、我が国にとってもとても大事な役目じゃ。それをダグラスは担《にな》っておる」

役目か。それが一体なんなのかは分からないが、その役目とやらがある以上、父の命は首の皮一枚で繋がっているようだな。俺が顎に手を当てて思考を巡らせていると、髭の長い爺様がしびれを切らして話題を遮ってきた。

「もう本題に入ってもよいか？」

「おぉ、そうだったのヨルシュ。本題に入るとするかの。さてアレクよ、お主はどうやってそれほどまでの力を手に入れたのかの？」

いきなり確信をついてきたアルバート王。隣に座るヨルシュと呼ばれた爺様も髭を触りながら俺の様子を窺《うかが》っている。というかヨルシュってことは、この人が賢者様だったのか。道理《どうり》で風格のある爺様だと思った。

しかし、この質問になんて答えるべきなのか。ありのままを話した場合、俺の将来がこの国お抱えの魔法使いになることは確定事項となるだろう。普通に考えれば誉《ほま》れ高いことだろうが、折角《せっかく》異世界に転生したのに自由に生きづらくなるのは嫌だ。

だが、それを言うのであれば、爵位を下賜されたのも失敗だったのかもしれない。まぁ男爵だからそこまで気にしなくてもいいか。

ともかく、この場は上手く乗りきることとしよう。

「そうですね。気付いたら強くなってました」

「……」

「……」

俺の返事を聞いた二人は暫く無言になったあと、深くため息を零《こぼ》した。

俺としては自分のスキルがバレてしまうのは仕方ないとしても、「契約者」のことだけはなんとしても隠し通さなければならない。もしこれがバレた場合、国の軍事力を高めるために利用される可能性が大きいからだ。

現状、「契約者」の人数は明確になっていない。「レベルに依存する」となっている以上、アリス一人かもしれないしもっと他にもいるのかもしれない。もし人数に条件がなければ、騎士団全員をスキル玉で強化できることになってしまう。それがバレてしまえば、俺は軍事力強化剤として一生を終えることになるだろう。

「アレクよ、それで我々が納得するとでも思っているのか？」

「納得と言われましても、本当に気付いたら強くなっていたのです」

「ふむ。ではそなたが上級魔法を使える理由は、気付いたらそうなっていたというわけじゃな？」

陛下が俺の話した内容に疑問を持ち、賢者ヨルシュ様が魔法について問いただしてくる。

普通の人であれば、上級魔法を使えるようになるには「壁」を超える必要がある。俺がこの若さで上級魔法を使えるようになったのを、二人は「壁」を超えたと考えているのか、それとも別の方法があると踏んでいるのか。仕方なく俺はそれっぽい理由を語る。

「おそらくですが、『壁』を超えたからだと思います。八歳の時に両親に半《なか》ば捨てられたも同然の扱いを受け、私は心身ともに衰弱した状態にありました。生きていく術《すべ》を身に付けるために、近くの森でモンスターを狩り続ける日々。この五年間で力を付けた私は、数ヶ月前に単独でオーガキングを討伐しました。その際、私は一つ間違えれば死ぬという状況に陥《おちい》ったのです。その状況下で能力が開花し、上級魔法を放てるようになったのではないかと。おかげで私は今こうして生きております」

それっぽく、少し喜劇かのように語る。

黙って俺の話を聞いていたエドワード公は両目から涙を流し、ハンカチで拭いていた。陛下も納得してくれたのか「大変だったのだな」と同情してくれた。しかし賢者ヨルシュ様だけは俺が強くなった方法を興味深く聞いており、メモに書いているようだった。

「お主が強くなった理由は分かった。もう一つ、聞いておきたいことがあるのだ。ファルマスから聞いたのじゃがの、お主は物の効果を知ることができるスキルを持っているそうじゃな？」

陛下の言葉に俺の心臓は鳴った。学園長の部屋で説明をしたことが陛下の耳に入っていたとは。

しかしスキルの詳細を話していない以上、何かに協力して欲しいと頼まれても、できないと言ってしまえばいいことだ。

俺は呼吸を整え、何食わぬ表情で陛下に返事をする。

「はい。ある程度条件が必要にはなってきますが」

「そうか。それは人に対しても効果を発揮するのかの？」

「人ですか？　難しいと思いますが……」

俺の返事を聞いた陛下は悲しそうな表情になり、俯《うつむ》いてしまった。それにつられて二人も哀しげな表情になる。陛下の両目からは今にも涙が零れ落ちそうになっていた。

エドワード公が俺の『鑑定』スキルについて知らないということは、アリスが秘密にしていてくれたのだ。俺との約束をしっかりと守って。不謹慎だが俺は少し嬉しくなってしまった。

「そう落ち込むなアルバート。きっと娘を助ける策はある」

「……分かっておる。だが一筋《ひとすじ》の光が見えたと思ったのじゃ。すまん」

賢者ヨルシュ様が陛下の背中を摩《さす》る。彼らの様子を見ていると、一国の王とその部下というよりは対等な友人関係に見えた。

しかしヨルシュ様の発言の中の「娘」という言葉が気になる。しかも助けるということは、陛下の娘、つまり王女様が何か危険な状況にいるということか。

「失礼を承知でお聞きいたします、陛下。もし私にそのような力があれば、何をさせるおつもりだったのでしょうか？」

「お主に語る必要などない。そなたにその力がないと分かった以上、そなたにはもう用はない。さっさと部屋から出ていけ」

「よいのだヨルシュ。この子はアリスを救ってくれた。ならばユウナの助けになってくれるやもしれん。アレクよ、これから話すことは他言無用じゃ」

「は。心得ております」

陛下は俺の返事を聞くと周囲を見渡したあと、重い口を開いた。

「ワシの娘のユウナがな、原因不明の病を患《わずら》っておるのじゃ。日に日に足が石のように固まってていき、今では歩くこともままならん。最近では視界もぼやけてきているのじゃ」

王女様に起きている悲しい現実を、唇を震わせながら語る陛下。その目には涙がたまり、膝に置いた手は握りしめる強さから血が出ていた。ヨルシュ様もそんな陛下の背中を摩《さす》りながら歯を食いしばっている。

陛下から話を聞いた俺は、エリック兄さんの「鑑定の儀」の翌日にあったパーティーを思い出した。あの時、陛下の傍には俺と同じくらいの背丈の女の子がいた。あの日から俺は陛下が出席するようなパーティーにも参加していたが、その子を目にしたのはそれが最後だったのを覚えている。

俺と同じような歳の子が苦しんでいるかもしれないというのに、俺は自分の力を隠すためにその子を助けずに王城をあとにする。そんなことが果たしてできるか？　できるはずないだろう。

目の前に俺なら助けられる女の子がいるというのに、それを自分の保身のために見捨てるなんて漢《おとこ》じゃない。

陛下やエドワード公、賢者ヨルシュ様に俺の力が利用される可能性がないとは言いきれない。でもそれはあとから考えればいいことだ。もし利用されそうになったら逃げてしまえばいいのだから。

俺は両目から涙を零していた陛下の目を見据《みす》え、覚悟を決めた。そしてずっと隠してきた自身のスキルについて遂《つい》に口にする。

「俺なら……助けられるかもしれません」

俺の口から出た言葉に、三人は顔を上げて大きく目を見開いた。

■

その後、俺の言葉を聞いた陛下は、いてもたってもいられなくなったように、部屋を飛び出した。その後ろを俺とヨルシュ様とエドワード公があとを追う。すれ違う人達は、皆立ち止まって頭を下げた。廊下を進むにつれ、どんどん人気《ひとけ》がなくなっていく。

そして応接間から歩くこと十分。扉の前に女性騎士が立っている部屋に辿り着いた。

陛下を前にした騎士は姿勢を正して敬礼をする。そして扉をノックし、部屋の中へと声をかけた。

「ユウナ様。陛下がお見えになりました」

「お父様が⁉　お通ししてください！」

部屋の中からは陛下が来たことを喜んでいる様子の声が聞こえてきた。

返事を聞いた騎士が扉を開け、俺達は中へと進んでいく。王女様の居室とは思えない殺風景な部屋だった。不要な物を置かないようにしているところを見ると、足をつまずかせないためにしていたことが分かる。

豪華なベッドの上には、綺麗な銀髪の可愛らしい女性が座っていた。その髪はベッドにつくほど伸びている。この子が陛下の娘である王女様なのだろう。

俺達が来た方向へ視線を向けているが、表情を変えることなく陛下だけに声をかけた。

「お父様、今日はどうしたんですか？　こんな時間に来るなんて珍しいですわ」

「今日はお前に会わせたい者がおっての。アレクという男の子なのじゃが。今ワシの隣におる」

「え！　そうだったのですか。申し訳ございません、アレク様。私、目が悪くなってしまいまして、もう殆《ほとん》ど見えていないのです。気付くことができずにすみません」

王女様は悲しそうな顔をして、俺のことを探すように視線を動かしたあと、扉の方に向かって頭を下げる。それを見ていた俺はいたたまれない気持ちになった。こんな幼い子が病気のせいで自由に歩き回ることすらできないなんて。

俺は陛下と目を合わせたあと、王女様の元へ歩いていく。ベッドの傍で俺は片膝をつき、胸に手を当てて王女様に挨拶をした。

「初めましてユウナ様。私の名前はアレク・カールストンと申します。ユウナ様と同じく今年で十三歳になります」

「よろしくお願いします、アレク様。私はユウナ・ラドフォード。フェルデア王国の王女です。それで今日はどういったご用件なのでしょうか？」

ユウナ様は首を傾げ、不思議そうな表情をする。

俺はユウナ様に自分の身の上話を始めた。陛下からユウナ様には病気を治しに来たと告げないで欲しいと言われたからだ。それがどんなに淡いものであっても、期待を抱かせてしまっては上手くいかなかった時にさらに落ち込ませてしまう。

俺は自分の冒険話をしながら彼女に向かって『鑑定』をかけた。

【名前】ユウナ・ラドフォード
【種族】人間
【性別】女
【職業】僧侶
【階級】フェルデア王国　王女
【レベル】3
【HP】600／600

【魔力】500／500
【攻撃力】F－
【防御力】F－
【敏捷性《びんしょう》】F－
【知力】E＋
【運】D＋
【スキル】
初級回復魔法
結界
【状態】
鶏竜蛇《コカトリス》の呪い

（鶏竜蛇《コカトリス》の呪い？　なんだこれは）

俺は初めて目にした文字に戸惑いつつも、「鶏竜蛇《コカトリス》の呪い」の文字を注視して鑑定していく。


【鶏竜蛇《コカトリス》の呪い】

怪鳥鶏竜蛇《コカトリス》による呪い。対象の体を徐々に石化していく。足・腕・胴の順に石化し、最後に頭を石化させて死に至らしめる。石化だけでなく体の自由を奪っていく。治療法は呪《のろ》いをかけた鶏竜蛇《コカトリス》を討伐するか、鶏竜蛇《コカトリス》の心臓・目・尾を調合した「石化解除薬」を服用すればよい。

（なるほど。これはモンスターから受けた呪いというわけか。ユウナ様に呪いをかけた鶏竜蛇《コカトリス》の個体を探し出すのは難しいだろうし、これは別の鶏竜蛇《コカトリス》の臓器を使って石化解除薬とやらを作るしかなさそうだな。でも病気を特定できたんだから、もう安心しても大丈夫だろう）

俺は区切りのいいところで王女様への冒険話を終わらせると、陛下の方へ顔を向けて深く頷く。

それを見た陛下は目を見開きいて駆け寄ってきた。そして俺の両肩を掴み、グワングワンと揺する。

「ほ、本当に分かったのか!!」

「は、はい」

「お父様？　いきなりどうしたんですか？」

「ユウナよ！　アレクがお前の病気の原因を突き止めてくれたのじゃ！　これでお前の病気も治るぞ！」

陛下は喜びのあまり自分で決めていたルールを破り、ユウナ様に喋《しゃべ》ってしまった。

その言葉を聞いたユウナ様は一瞬喜びの表情を見せたが、すぐに苦笑いを浮かべて「そうですか」と一言呟いた。

まるで、聞き飽きた言葉を聞いてしまったのかのような、その苦笑いは俺の心を締めつけた。

この子はきっと、何度も期待に胸を膨らませたのだろう。「治る」「治療法が見つかった」、そんな言葉を耳にしても待っていたのは期待外れの結果だけだった。

もはや彼女は自分の病気が治るとは思っていないのだろう。だがそんなことはない。俺は病気の名前もその治療法も知っている。

俺は彼女に見えないことを分かっていながらも笑顔を作り、優しく言葉をかけた。

「ユウナ様。貴方の足が石のように固まり、目が見えなくなってしまった原因。それは怪鳥鶏竜蛇《コカトリス》による呪いでございます。治療法はユウナ様に呪いをかけた怪鳥を討伐するか、他の怪鳥から採取した素材を調合した石化解除薬を飲むこと。そうすれば貴方の足も目も元通りになるはずです」

俺は自信満々にそう告げた。

皆からは喜びの声が上がる、そう思っていた。しかし俺の言葉を聞いた皆は黙り込み、ユウナ様は悲しそうに俯いて顔を手で覆《おお》ってしまった。

「アレクよ、それは……まことか？」

「え、はい。私のスキルで確認しましたので」

「そうか……」

ハッキリと告げた俺の言葉に、陛下は肩を落とす。

俺はなぜ皆が落ち込むのか分からなかった。病名が分かって治療法も見つかったというのに、なぜこんなにも落ち込むのか。

そんな俺の疑問に賢者ヨルシュ様が答えてくれた。

「アレクよ、鶏竜蛇《コカトリス》は確かにおる。一匹だけじゃがな。王都の西にあるミクトラン山脈の頂上におるのじゃ」

「そうなんですね。ならそいつを倒して薬を作ればよいのでは？」

「そうじゃの。じゃがそいつを倒すことはできん。鶏竜蛇《コカトリス》はミクトラン山脈の守り神じゃからの。魔物であっても討伐してはならん『掟《おきて》』なのじゃ」

掟か。古い習わし。この掟のおかげで助かる者もいれば苦しむ者もいる。だが目の前にその掟によって苦しむ者がいるというのに、彼らはその掟を大事にするらしい。自分の娘の命がかかっているというのに、陛下は唇を噛み締めながらヨルシュ様の言葉を黙って聞いているだけだった。

「その掟とやらを守る意味はなんなのでしょうか。私にはモンスターが守り神である理由が分かりません」

「ミクトラン山脈の麓《ふもと》にはいくつもの集落がある。そこに住まう人間達を、山で生まれるモンスター達から守ってくれているのじゃ。その代わり十年に一度、贄《にえ》を差し出す。それが……ユウナ様だったのじゃ」

賢者ヨルシュ様は苦悶《くもん》の表情を浮かべながら語ってくれたが、俺には意味が分からなかった。

モンスター達から人間を守るなら、騎士でも冒険者でも村に派遣すればいいだけの話だ。それにそこに住む人達だって対策の取りようがあるだろう。避難するなり防衛策を採るなりすればいいのに。今まで贄になってきた存在もいるはずなのに。彼らも山脈の麓に住まう人達も、それを黙認してきたのか？　俺の心は怒りで煮え滾《たぎ》っていた。

「ユウナ様だったのじゃ……ですか。では今まで死んでいった贄の人達はどうなるんでしょうか？『鶏竜蛇《コカトリス》の呪い』だということも知らずに死んでいったのですよ？　国はそれを黙認してきたということですか？」

「……これまで贄になった者達には心からの謝辞を述べる」

謝辞を述べる。どこの誰かも分からぬ死人にどう謝辞を述べるというのだ。

「でもこれが分かったのであれば、討伐しても問題はないですよね？　それに麓に住む人達が心配なのであれば、騎士でも冒険者でも派遣すればいい話ではありませんか」

「それができんのじゃよ。彼らは外から来る者を受け入れん」

「では外から来る者を拒《こば》む人達を守るために、ユウナ様が死んでいくのをこのまま眺めていろと？」

「……そうじゃ。ユウナも……王女として責務を全《まっと》うするのじゃ」

「はい、お父様。ユウナは王女としてフェルデアに身を捧《ささ》げます」

ユウナ様が笑顔で発した言葉を聞き、皆は咽《むせ》び泣いた。陛下は泣きながら謝り、ヨルシュ様は涙を堪《こら》えるように上を向いた。エドワード公もベッド横へ歩み寄り、ユウナ様の手をそっと握りしめていた。

この部屋の中で俺は一人、泣くことができなかった。

心の奥からこみ上げてくる何かを抑え込むことで精一杯だった。

■

それから一週間が経過した。

あれから俺は四度も王城に足を運んでいる。ユウナ様たっての希望で、俺の冒険話を聞かせて欲しいということだった。陛下もユウナ様の体を蝕《むしば》んでいる病魔が呪いだとはっきりしたことで、娘が笑顔で過ごせるならと俺との面会を了承した。

ユウナ様がいる部屋の前へ到着した俺は、扉の前に立つ女性騎士に挨拶をする。

「おはようございます、シャルロッテさん。今日もユウナ様に会いに来ました」

「お待ちしておりました、アレク様。ユウナ様、アレク様がいらっしゃいましたよ」

「本当！　待ってたわ！　早くお通しして！」

部屋の中から喜んでいるユウナ様の声が聞こえる。

シャルロッテさんは微笑《ほほえ》みながら部屋の扉を開け、俺を中へ通してくれた。部屋の中にはベッドの上で微笑むユウナ様がいた。

「おはようございます、ユウナ様。今日はなんのお話をしましょうか？」

「おはようございます、アレク様！　今日は学園の入学試験を受けたところからですわ！」

そう言って布団をポンポンと叩くユウナ様。

俺はクスリと笑いながら、彼女が座るベッドの横に用意された椅子に腰掛ける。そして先日の続きから話を始めた。面白おかしく楽しくなるように、彼女には見えていないと分かっていても、身振り手振りを含めて伝えていく。アリスとの仲違《なかたが》いは伝えようかどうしようか迷ったが、今は仲直りしているから問題ないと思ってすべてを包み隠さず話した。

「それでようやくアリスと仲直りできたんです」

「大変だったのですね……少し気になったのですが、アレク様はアリスお姉様のことをアリスと呼び捨てになさるのですね」

「一応公式の場ではアリス様と呼ぶようにしているのですが、彼女がアリスと呼べとうるさくてですね。話の流れでアリスと呼んでしまいました。申し訳ありません」

「謝らないでください！　怒っているわけではないのですから。その……アレク様は私とお友達ですよね？」

ユウナ様は布団の上で指を絡ませながら恥ずかしそうにそう呟く。

きっと呪いに体を蝕まれてから、碌《ろく》に外出もさせてもらえなかったのだろう。友人と呼べる人間も多くはいないはずだ。俺でよければ喜んで彼女の友人になろう。

「ユウナ様がそう思ってくださるのであれば。私は貴方の友になりましょう」

「本当ですか！　でしたら……その……私も」

「はい？」

「私もユウナと呼んでもらいたいのです！　お友達に名前を呼んでもらったことがなくて」

頬を赤く染め、体を丸めながらポツリと呟くユウナ様。

王女である以上、本当に対等な関係を築くことは不可能かもしれないが、彼女と二人きりの時であれば彼女が望むようにユウナと呼ぼう。

「分かりました。二人きりの時であれば、ユウナと呼ばせていただきます」

「フフフ。も、もう一回呼んでください！」

「ユウナ、これでよろしいですか？」

「ええ！　それじゃあアレク、続きを話してくださいな！」

しれっと俺のことを呼び捨てにしたユウナ。

彼女もアリスと同じように友達ができたことを心から喜んでいた。俺のくだらない話に無邪気に笑い、悲しい話には同じ気持ちで涙を流してくれる。こんな優しい子が呪いなんかで死んでいいわけがない。

陛下や賢者ヨルシュ様は「掟」と言ったが、そんなものは壊してしまえばいい。なんなら他の人の命を犠牲にしてまでのうのうと生きている奴らなんか、モンスターにやられてしまえばいいのだ。

ユウナとの談笑を終えた俺はギルドへと向かった。理由は鶏竜蛇《コカトリス》について調べるため。

前世の知識であれば、鶏竜蛇《コカトリス》とは鶏《にわとり》の頭に竜の翼に蛇《へび》の尾を持った化け物だ。その瞳は見る者を石に変え、その吐息は猛毒で人を苦しめ、死に至らしめる。もしその通りであれば毒は対処できたとしても、石化の瞳は流石の俺でもキツイ。いざ挑んでも、死んでしまったでは意味がないのだ。そのためにも調べられるものは調べておきたい。そう思ってギルドの資料室へと向かっているのだ。


それから毎日のようにユウナと談笑したあとはギルドの資料室へと足を運んだが、結局無駄足に終わった。鶏竜蛇《コカトリス》についての資料は全くと言っていいほど載ってなく、唯一記載があったのは鶏竜蛇《コカトリス》の容姿についてだけだった。それも俺が知っている容姿そのものである。

俺は仕方なく資料を調べることをやめて別の場所へと向かった。そこに行くのは約三ヶ月ぶりだ。目的の場所へと到着して片膝をつく。そして両手を体の前で握り、目の前にある像に祈りを捧げた。

「久しぶりだねーアレク君！　元気にしてたかな？」

「見てたんだから分かるだろ、アルテナ」

俺に向かって明るく声をかけてきた金髪美少女アルテナ。俺の返事を聞いてニシシと笑みを浮かべている。こいつは、以前あった入学試験前日から今に至るまでの俺のすべてを目にしているんだ。どうせまた笑うに決まってる。

「笑わないよ！　フフ。馬車の中で美女二人に言い寄られた時、下腹部を大きくしてたことなんて絶対に笑わないよ！」

「見てたんじゃねーか‼　仕方ねーだろ！　あんだけ触れたらそうなるに決まってる‼」

「アハハハ！　ごめんごめん。それで、今日は何の用事かな？」

やはりアルテナはクズだ。俺が醜態《しゅうたい》をさらしているところを見て喜んでいるのだから。だが、今日はそれを無視しても彼女に聞かねばならぬことがある。そもそも不干渉とか言って教えてくれない可能性もあるが、聞いてみなければ分からない。俺がいつになく真剣な表情になったことでアルテナの顔つきが変わった。

俺はアルテナに尋ねた。

「ユウナを救う他の方法を知らないか？　あるなら教えて欲しい」

その問いにアルテナは軽く返事をした。

「あるよ！」

アルテナの言葉に俺は歓喜した。これで誰も傷つくことなく彼女を救える。そう思ったのも束の間、アルテナは続けてこう言った。

「あるけど教えられない。今の君がその選択肢を取れば確実に命を落とす。君が死なずに彼女を救いたいのなら鶏竜蛇《コカトリス》に挑むしかない。安心しなよ、君なら余裕で倒せるだろうしさ！」

「……確実にか？」

「確実に死ぬ。断言できるよ！」

アルテナの言葉に俺は言葉を失った。この世界のすべてを知っている神が断言している以上、ユウナを救うには鶏竜蛇《コカトリス》を殺すしかないらしい。だがそのためにはユウナの了承を得る必要がある。その意思を無視して鶏竜蛇《コカトリス》を殺してもきっと彼女は喜ばない。それどころかおそらく俺に怒るだろう。平穏《へいおん》を保ってきた人達の生活を脅《おびや》かすことになるのだから。

彼らを守るためにユウナを犠牲にすることになるかもしれないが、それでいいのだろうか？　山の麓に住む人達は自分達の命を守るために他人の命を犠牲にしてきたんだぞ。そんな奴らのために彼女が犠牲になっていいはずがない。自分の命を守るために自分で行動しない奴らがいけないんだ。死んだって仕方がない。

俺が鶏竜蛇《コカトリス》を殺すための弁明を頭に浮かべていると、俺の心を読んだアルテナが悲しい顔をして俺に語りかけてきた。

「本当にそう思うの？」

「……何が言いたい」

「村に住んでいる人達は死んでも仕方がない、本当にそう思うの？」

「……仕方がないとは言えない。けど彼らだって行動に移せたはずだ。移住したり、冒険者を雇うなり。その選択をせずに他人の命を犠牲にするのはおかしいだろ。陛下だって、娘の命が終わりに向かっているというのに、行動に移そうともしない。そんなの……おかしいだろ」

俺はアルテナの言葉にもっともそうな意見を言った。俺は正しいはずだ。彼らは今まで他人の命を犠牲に自らの生を掴んできた。そんな奴らが報《むく》いを受けるのは当然のことじゃないか。

「君は神にでもなったつもりかい？」

俺の心を読んだアルテナが呆れた表情でそう告げる。神になったつもり？　一体なぜそんなことを言われなければいけないんだ。俺は正しいことをしようとしただけだ。

そんな俺に対し、アルテナは怒りをあらわにした。

「正しいこと、ね。君が考えている正しいこととは、他人を犠牲にして生きている人なら犠牲にしてもいいということかな？　彼らの歩んできた歴史も文化も何も知らない君が、少し話を聞きかじった程度の君が、僕の可愛い子供達を殺す。それを神になったつもりと言わずなんと言えばいいのかな？　彼らが自分達の命を犠牲にしたことがないと、なぜ言いきれるんだい？　君はつい先日、命の重さを再確認したと思ったのに。自らの手を血で染め、自分の力を過信したがゆえに冒険者を死に追いやった。まぁそれは君のせいとは言えないが……それでも、こんな短絡的な考えに至るとは思わなかったよ。君が知っていることなんて地面に落ちている砂粒より小さいものなのにさ。それなのに自分の考えが正しいなどと、よく言えたものだ」

俺はアルテナに言い返すことができなかった。

アルテナの言う通り、俺はこの世界に生きる人々の歴史や文化を知らない。本を読んだところで知り得るのは表面上の歴史のみ。ユウナが呪いの標的だったからたまたまこの件に気付いただけの俺が、彼らの暮らしを奪う権利などあるはずがない。だがそれではユウナを救うことができない。

　俺は絞り出すような声でアルテナに尋ねた。

「……だったらどうすればいいんだよ」

　アルテナは俺の言葉を無視し、光の渦《うず》を作り出す。そしてその渦を俺にぶつけてきた。俺は自らの意思とは反対に光の渦の中へと呑まれていく。遠のいていく意識の中、かすかにアルテナの声が聞こえた気がした。

「ヒントはあげたよ」と。


　アルテナの言葉を理解できずに、無意味な時間は刻々と流れていった。俺は先週と同じようにユウナの元を訪れて冒険話をしている。

　しかしユウナが楽しんで聞いていた俺の冒険話も今日で終わりを迎えてしまう。勿論、グレンのことをありのまま話してしまうと生々しいので、凶悪なモンスターに置き換えた。

　彼女は俺の話を聞きながら、その可愛らしい表情をコロコロと変化させる。そして遂に凶悪なモンスターを倒し、王都に帰還したところで俺の旅は終わった。

「これで私の冒険もお終《しま》いです。楽しんでいただけましたか？」

「凄く楽しかったです！　続きを聞けないのが残念です。もし今度冒険に行ったら是非《ぜひ》続きを聞かせてくださいね？」

「分かりました。ユウナに楽しんでもらえるような冒険をしてきます」

俺が返事をしたあと、ユウナは微笑んだ。

そして彼女は下を向き、部屋の中は暫しの間静寂が続く。やがて彼女は覚悟を決めたのか、顔を上げて恐る恐るといった様子で俺をじっと見つめてきた。

「アレクにお願いがあります」

「お願いですか？　私に叶《かな》えられるものであれば、なんなりとお申し付けください」

そう俺が応えると、ユウナはパッと表情を明るくさせ、俺の手を握りしめてきた。それは、この部屋に長い間閉じ込められてきた彼女だから考えついたものだった。

「貴方の魔法で……一緒に空を飛んでみたいの。ダメかしら？」

彼女の口から出た言葉に俺は困ってしまった。

まず、無断で外に出るわけにはいかないから陛下に許可をもらわねばなるまい。空を飛んでいて万が一彼女を落としてしまったら危険すぎる。

それに久しぶりに外に出て体調を崩したりしないか……そんなことを考えてしまう。

しかしユウナの瞳には希望が満ち溢れていた。きっとアレクなら叶えてくれる。そんな瞳をしていた。

俺は彼女の細い手を握り返し、力強く返事をした。

「お任せください」

こうして俺とユウナはお空の散歩計画を練ることになった。

■

そして、その日の夜。

俺はユウナがいる部屋に向かって飛んでいた。王城の中から堂々と行けるわけないからな。

そうしてユウナがいる部屋に辿り着いた俺は、彼女の部屋の窓をコン、コンコンと不規則にノックする。それが合図となり、窓は音を立てずに静かに開いた。

俺は部屋の中へ侵入し、窓を開けてくれた人に礼を言う。

「ありがとうございます、シャルロッテさん」

「いえ、ユウナ様の命令ですので」

ムスッとした表情をしながら彼女はユウナが座っているベッドに向かっていく。そしてジタバタと腕を動かし「早く、早く！」と声を上げているユウナを抱きかかえ、こちらへと戻ってきた。

「男性にユウナ様を抱きかかえさせるなど、本来あってはならないことなのですが……今日だけですからね？」

「分かってるわ！　ありがとうシャル！」

シャルロッテさんはため息をつきながら、ユウナを落とさぬように丁寧《ていねい》に俺に渡す。

俺がユウナをお姫様抱《だ》っこし、ユウナが俺の首へ細い腕を絡ませた時、思わずシャルロッテさんは舌打ちをしていた。彼女にとってユウナはとても大事な存在のようだ。

俺はシャルロッテさんに頭を下げると、ユウナをしっかりと抱きかかえ窓の方へと体の向きを変える。

「しっかり掴まっていてくださいね？」

「はい！」

元気よく返事をするユウナ。その返事を合図に俺とユウナは夜空へと飛び立った。

彼女が見ることは叶わないが、夜空には無数の星が輝いている。もう少し高く飛べばその手に一つくらい掴めてしまうのではないか。そんな気がするほど星は眩《まばゆ》い光を発していた。

俺は思わず「綺麗《きれい》だ」と口に出してしまった。しかしユウナの目が見えないことを思い出し、慌てて謝ろうとする。

だがユウナは俺と同じように夜空を見つめ「綺麗ね」と呟いた。きっと彼女にも見えているのだろう。無数に浮かぶ星が。

「風が気持ちいい。外に出るなんて久しぶりだから……。もっと速く飛べますか？」

「飛べますけど、体に障《さわ》りませんか？」

「少しくらいなら大丈夫ですから」

俺は彼女の願いを聞き入れて、少し速度を上げた。

ユウナの銀髪は風に流され、まるで流星のようにキラキラと輝いていた。彼女は俺の首に回した手の力を強めてギュッとしがみ付く。怖いのかと思ったが、ユウナは笑っていた。

暫くの間高速飛行を楽しんだあと、俺とユウナは王城の一番高い所の屋根に降り立ち、そこで休憩を取った。

流石の俺でもずっと飛んでいると疲れるし、ユウナは大丈夫と言っていたが彼女の体のことも考えなければならない。

屋根の上に俺が座り、膝の上にユウナを座らせる。そして収納から布を取り出し、彼女の体にかける。いくら夏でも冷えるものは冷えるからな。

そして二人で夜空を見上げ、ゆっくりと流れる時を過ごした。こんな時、洒落《しゃれ》た言葉の一つでも言えたなら、きっと前世でモテモテだっただろう。だが俺にそんな機能は搭載されていない。しかしこの時間を過ごした者なら、誰しもが思うことではなかろうか。

このまま時が止まってしまえばいいのに。

そんなことを考えていると、夜空に浮かんでいた月に雲がかかる。それを待っていたかのようにユウナはポツリ、ポツリと語り始めた。

「八歳になった時です。足が思うように動かない時が増えて、時々つまずくようになりました。九歳になる頃には、まるで自分の足ではないような感覚になりました。十歳になった時、足が動かなくなりました。十一歳になった時、視界がぼやけてきました。十二歳になった時、私の目には何も映らなくなりました」

俺はユウナがゆっくりと語る内容を黙って聞いていた。

陛下の話では、ユウナに呪いの症状が現れたのは九歳になった時だった。つまり彼女は一年もの間、自分の不調を周りに気付かれないように過ごしてきたことになる。俺にはそれがどれだけ辛《つら》いことか想像できなかった。

彼女は俺の返事を待つことなく、続けて語る。

「アレクが来るまでの間、何度も何度も『治療法を見つけた！』という人がやってきました。時には回復魔法、時には薬、時には儀式。色々なことをやってみましたが、症状がよくなることはありませんでした。誰も呪いに気付くことなく、私はあの鳥籠《とりかご》の中から空を眺めていました。いつかきっと治療法が見つかる、そう信じて。そして貴方が現れた」

ユウナはそう言うと、見えないはずの両目でしっかりと俺の瞳を見つめてきた。自然と彼女を抱きしめる力が強くなる。ユウナも俺の首に回していた手の力をさらに強め、そして再びゆっくりと語りだした。

「アレクが私の体に起きている症状の原因を、『鶏竜蛇《コカトリス》の呪い』と突き止めた時、やっと原因がハッキリしたという喜びと同時に、絶対に助からないという絶望が私を襲いました。ミクトラン山脈の話は知っていましたから。貴方は私の生きる希望を奪ったのです。……もはや私は覚悟するしかありませんでした。彼らの掟がある以上、民を守る者としてこの身を捧げることが私の宿命なのだと」

ユウナの言葉に俺の胸は痛いほど締め付けられた。

俺がいなければ呪いの存在など知らずに、彼女はゆっくりと死んでいったはずだ。いつか治る、その希望があるだけでも生きていく糧《かて》にはなる。だが俺はそれすらも奪ってしまった。

俺は唇を噛み締め、自分の力のなさを呪った。もっと俺に力があれば、権力があれば、知識があれば、彼女を救えていたのに。

「私は貴方のことを恨《うら》んでいました。だからせめて貴方の自由な時間を少しでも奪ってしまおう、そう思って貴方を呼んだのです。ですが……貴方と話しているうちに、そんな気持ちも水に溶けていくように消えていき、私の覚悟すらも貴方は奪っていきました。アレクが話す冒険話は、まるでおとぎ話のように壮大で、夢と希望に満ち溢れていました。もっと貴方の話を聞きたい、できることなら……貴方と一緒に冒険に出かけたい、そう思ってしまうほど。そして貴方は、私を鳥籠の中から出してくれた。叶うことなら、もう一度出たいと思っていた外の世界に」

ユウナの目から涙が零れ落ちる。彼女の唇は震えていた。決して夜の寒さに対してではない。叶わない願いと知りながらもそれを望んでしまった自分の心に。悲しみと悔《くや》しさが揺らいでいた。

「私は、悪い子なのでしょうか。なぜ他の人のために、見ず知らずの人のために、自分の命を犠牲にしなければならないのか、そんなことを考えてしまうのです。なぜ私が選ばれたのでしょうか。王女だからですか？　それとも何か神様に嫌われるようなことをしたのですか？　私は、私は……もっと生きたいのに」

夜空に響く彼女の泣き声。

それをかき消すように俺は彼女を力強く抱きしめる。

自分の無力さが体の中を駆け巡っていた。

■

翌日、俺は久しぶりに学園を訪れていた。

昨日、あのあと泣き疲れて眠ってしまったユウナを部屋へと送り届けた際、シャルロッテさんにしこたま怒られた。

「ユウナ様の泣き声がここまで聞こえてきたぞ！　信用してユウナ様を預けたというのに泣かせるとは何事か！　貴様はもうここへ来るな！」

そう言って俺を窓の外へと追いやり、鍵《かぎ》を閉めてしまった。俺は仕方なく王城をあとにして寮へと戻った。

そして今日は水曜日。

久しぶりのネフィリア先生の講義なので学園に向かっているのだ。ユウナについて相談に乗ってもらえたら嬉しいと思っていたが、体調不良ということで今日の講義はお休みとなってしまった。俺は仕方なく食堂に向かい、少し早めのお昼をとっているところである。

俺は机の上に置かれた手付かずの料理をフォークで突きながら、思考を巡らせていた。この世界の神であるアルテナが、ユウナを救うためには鶏竜蛇《コカトリス》に挑むしかないと言っていたのだから、今の俺の選択肢はそれ以外にないのだろう。他にも方法はあるようだが、現在の俺では死んでしまうようだし。かといって、アルテナが俺に対して説教じみたことを言ってきたのも謎だ。殺すしか方法はないのに、殺していいのか？　と問われたら、いけないような気がしてならない。それに最後に聞こえてきた言葉。

「ヒントはあげたよ」

一体どこにヒントがあるというのだ。山の麓に住む人達と交渉して外の人間を受け入れてもらうようにするとか？　だがなんの権力もない俺に、果たしてそれができるのだろうか。陛下達も、騎士や冒険者の派遣には難色を示していたし。

「どうすりゃいいんだよ」

俺はポツリと呟いた。誰かが聞いているわけでもないのに。

八方塞がりな今の状況を打破する案を誰か教えてくれ。

そんな願いが漏れ出していたのかもしれない。しかし、それは幸運を呼び寄せることとなる。

「久しぶりだな、アレク！　いやアレク・カールストンよ！」

いつぶりだろうか。アリスとの仲を取り持ち、昔のような関係に戻してくれた大切な親友が、差し向かいの席に腰掛けながら俺の名前を呼んできた。相変わらず隣にはメイド服姿のニコもいる。

俺はヴァルトの姿を見てなぜかホッとし、久しぶりに彼の名を呼んだ。

「久しぶりだな、ヴァルト。俺がカールストンになったことを知っているとはな」

「王都にいる貴族であれば誰でも知っているぞ？　二体のオークロードを倒した英雄だとな！」

「あーそうか」

ニヤニヤと笑いながら俺を茶化すヴァルト。

その後、ニコが用意した昼食を食べながら俺とヴァルトは久しぶりの会話に花を咲かせる。アリスとダンジョン攻略したことや二人で冒険者パーティーを組んだこと。そして一緒にミーリエン湖に行ってオークロードを倒したこと。すべてを話した。ヴァルトの方もダンジョン攻略に精力的に取り組んでいるようで、既に四階まで攻略しているそうだ。

「そういえばデイルがFランクダンジョンを攻略したぞ。二人に続いて三番目の快挙だ」

「そうなのか。案外遅かったな」

ヴァルトが鼻を鳴らし、どうも納得できないといった様子で顔をしかめながら教えてくれた。俺は彼らの行為を知っているため、攻略したことには納得できた。それにEランクダンジョンに行ったところで痛い目を見て帰ってくることは分かりきっているし、俺にとってはどうでもいいことだ。

飯を平らげたヴァルトが「さて」と前置きをしてから俺に問いかけてきた。

「どうすればいいとはなんのことだ？　またアリス様と喧嘩《けんか》したのか？」

「盗み聞きかよ」

「人聞きの悪いことを言うな！　聞こえてきたんだ！」

別にお前には関係ないだろ？　と言おうとしたが、俺は言葉を呑み込んだ。ヴァルトは俺のことを心配しているのに、そんな酷《ひど》い言い方をしてはいけない。こいつに相談したところで何か解決するわけでもないが、相談しないのも悪い気がする。

俺はユウナのことを隠しながらヴァルトに悩みを打ち明けた。

「友人の話なんだが、その子は五年近くもの間、ある呪いによって体を蝕まれているんだ。それはあるモンスターの呪いで、いずれその友人は死んでしまう。呪いを解くためには、モンスターを殺すしかない。だがそのモンスターは、ある村の人からすれば自分達を守ってくれる神のような存在なんだ。だからモンスターを殺すことはできない。でも友人は助けたい。どうすればいいと思う？」

「そんなことは決まっている。モンスターを殺し、村の人をお前が守ってやればいい」

「それがそうもいかなくてな。村の人は外の人間を嫌っていて、俺を受け入れてくれないんだよ」

俺がそう答えると、ヴァルトは腕を組んで悩み始めてしまった。首を左右に振りながら目を瞑《つむ》って必死に考えている。

俺は本当にいい親友を持った。そう思っていたが、ヴァルトの口から出た言葉に衝撃を受けることになる。

「そのモンスターに話してみたらどうだ？　友人の呪いを解いてくれと。村の守り神のような存在ならそれくらい聞き入れてくれるだろう！　我ながら名案だな！」

そう言ってハハハと高らかに笑うヴァルト。それを引くような目つきで見ているニコを尻目に、俺は思わず口に手を当てた。

なぜそんな単純なことに気付かなかったのだろう。鶏竜蛇《コカトリス》は何年も村を守り続けてきた。勿論、生贄《いけにえ》という存在があってこそだが、それでも人間を守るモンスターなど聞いたことがない。

少なからず村の人達とは意思疎通ができる可能性はある。もし普通の人間とも意思疎通が可能なら、生贄を求めるのをやめるように説得してしまえばいいのだ。アルテナ曰《いわ》く、俺なら容易に鶏竜蛇《コカトリス》を殺すことができる。ならば生かす代わりに生贄制度をやめさせ、ついでにユウナの呪いを解いてもらえばいい。

だがこの作戦は、「鶏竜蛇《コカトリス》が自由自在に呪いを解くことができる」という前提があって初めて成り立つのだ。もしそれが不可能となれば破綻する。だがヴァルトの言葉がきっかけとなり、俺の思考は超ポジティブな方向へ動き始めていた。

もしかしたら陛下が言っていただけで、村の人達も冒険者や騎士達を受け入れてくれるのではないか。もしかしたら移住も考えてくれるかもしれない。そうなったら鶏竜蛇《コカトリス》を生かしておく必要もない。

「ありがとな、親友！　おかげで希望が見えてきたよ！」

俺は目の前の食事を一気に口の中へと放り込み、噛まずに呑み込んだ。そしてヴァルトに向かって礼を言うとすぐさま食堂を飛び出した。

まずは魔道具店に行って解毒薬を買おう。そしたらローザ馬具店に行ってレックスを借りる。ミクトラン山脈への行き方はギルドの地図で調べているから問題はない。善は急げだ。

■

それから三日間、俺はレックスの背中に乗り続け、ようやくミクトラン山脈の麓近くに辿り着いた。

『飛翔』を使って上空から眺めると、そこには俺の中にある山の麓のイメージとは全く違い、フェルーの街ほどの大きさの集落があった。勿論フェルーの街のように発展しているわけではないが、個人の家の数がとんでもなく多いのだ。多分、集落の入り口から家屋の途切れるミクトラン山脈の入り口までは歩いて三十分以上はかかるだろう。

地上に降りて、レックスがいる所まで戻る。そして手綱《たづな》を引いて集落の入り口に向かった。

もう少しで門に辿り着くそんな時、集落の中から笛の音が聞こえてきて大きな声が響き渡る。

「敵襲！　敵襲だ！　警備隊は門前に集合せよ！」

その声を合図に門の中から二十人ほどの大人達が現れた。長槍や弓を構えており、俺に向かってその矛先を向けている。やはり陛下達が言っていたように外部の人間を受け入れることはないのだろうか。

俺はその場で立ち止まると手綱から手を放して両手を広げ、敵意がないことを彼らに伝えた。

「突然の訪問で怯《おび》えさせてすまない！　私は王都から訪れた者だ！　ミクトラン山脈の頂上にいる鶏竜蛇《コカトリス》に話があって来た！　どうか武器を下ろしていただきたい！」

俺の言葉を聞いた彼らは一層敵意を強めてきた。

「ふざけるな！　貴様ごときが我らの守り神の鶏竜蛇《コカトリス》様に会えるわけなかろうが！　さっさとここから立ち去れ！」

先頭に立っていた男がそう言うと、その男の後ろに立って弓を構えていた男が俺に向かって矢を放ってきた。その矢が俺の足元付近に突き刺さる。どうやら威嚇《いかく》射撃のようだ。

正直、鶏竜蛇《コカトリス》がいる頂上には集落からじゃなくても向かうことはできる。しかしレックスを連れて鶏竜蛇《コカトリス》と戦うのは危険だ。毒耐性がないレックスを安全な所に置いておきたい。そのためには集落を利用させてもらうのが一番なのだ。俺は彼らに信用してもらうため、少しだけ嘘をつくことにした。

「鶏竜蛇《コカトリス》が守り神と言われていることは知っている！　その代償として十年に一度、生贄を捧げることもだ！　そして今回、その生贄に私の友人が選ばれた！」

「なんだと!?」

俺の言葉に彼らは狼狽《うろた》えていた。中には既に武器を下ろしている者さえいる。

そして暫くの間、そこにいる者達が口論したあと、先頭にいた男性が俺に近寄ってきて少しの距離を開けて立ち止まり、俺に頭を下げた。

「無礼《ぶれい》な態度を取ってしまったことを詫《わ》びよう。私は警備隊隊長のグンデルだ。君の言うことが本当であるなら、それは我々にとっても重大である。是非ともその話を聞かせていただきたい」

「分かりました。私の友人は五年ほど前から足の自由が利かなくなり、今では石のように固くなってしまいました。そして何より、友人のステータスに『鶏竜蛇《コカトリス》の呪い』という文字が現れているのです」

「……」

俺の話を聞いていたグンデルさんは、『鶏竜蛇《コカトリス》の呪い』という単語が出てきた瞬間に顔を険《けわ》しくして、後ろで待機していた警備隊の人達に向かって合図を送った。それと同時に彼らは大慌てで集落の中へ戻っていく。

グンデルさんは俺に「ついてきてくれ」と一言言うと、門の方に向かって歩き始めた。俺は少し警戒しながら、グンデルさんのあとに続いて集落の中へと入った。

集落の中に住む人は男も女も子供も、皆同じような服を着ていた。外から訪れた俺に警戒しているのか、彼らは急いで家の中へ入っていく。中には好奇心に駆られて俺のことを凝視《ぎょうし》してくる人もいたが、グンデルさんに睨まれたことで慌てて家の中に駆け込んでいった。そして集落の道を歩く人間は俺とグンデルさんだけになった。

「どこに向かっているんですか？」

俺の問いにグンデルさんは視線を動かすことなく、真っ直ぐ前を向きながら淡々と返事をした。

「長《おさ》の家だ」

賢者ヨルシュ様が言うには、ミクトラン山脈の麓にはいくつもの集落があるということだった。ということは、長も一人ではないはず。長というのは、すべての集落の代表者ということだろうか。まぁいずれにしても、長と話せるところまでこぎつけられたのだ。

暫く歩き、ようやくグンデルさんの足が止まった。目の前にはこの集落にあった家の三倍ほどの大きさの家が建っていた。扉の両脇には、グンデルさんや警備隊と同じ服装をした男が立っている。

「バット！　この者の馬を頼む」

グンデルさんがそう叫ぶと、扉の両脇に立っていた一人の男が返事をして俺の方へ歩いてきた。バットと呼ばれた男性は俺からレックスの手綱を受け取ると、「お任せください！」と歩いていった。俺は少し不安な気持ちになりながらも、いざとなったら暴れてレックスと一緒に逃げようと考えていたので、グンデルさんと共に家の中へ入った。

家の中には五人の老人が座っていた。皆フードが付いた黒い服を着ているが、一人だけ宝石が装飾された服を着ている。四人が俺を睨《にら》みつけてくる中、その宝石付きの服を着た老人はにこやかに俺を見つめてきた。

「『奉納《ほうのう》の巫女《みこ》』の友人を名乗る者を連れて参りました」

グンデルさんがそう言って頭を下げる。

「奉納の巫女」とは、多分この集落の中における生贄の別名だろう。それを聞いた四人の老人は一斉に舌打ちをして不機嫌になる。一方で残りの一人の老人は満面の笑みを浮かべていた。

下品な笑みを浮かべながらその老人は俺に問いかけてきた。

「お主、本当に『奉納の巫女』の友人か？」

「はい。私の友人は『鶏竜蛇《コカトリス》の呪い』に侵《おか》されています」

「そうかそうか！　今回は外で『奉納の巫女』が現れたか！　それでは引き続き、この先十年もワシが首長ということじゃの！　ワシが死んだらワシの息子が次の首長じゃ！　こりゃめでたいのう！」

「ふん。おい小僧！　お主、嘘をついているんではなかろうな！　この集落の首長が決まるのじゃぞ！」

「そうじゃそうじゃ！　次の首長はこのワシがなるはずじゃったのに！」

何を話しているのかさっぱり分からない。なんでこの人達は赤の他人が自分達のために犠牲になるというのに「めでたい」などと言えるのだ？　それも目の前にいる俺の友人が犠牲になると言っているのに。

そんな俺の顔を見て、豪華な服を着た老人が俺に教えてくれた。

「よい知らせをくれた礼に教えてやろう！　十年に一度、鶏竜蛇《コカトリス》様によって『奉納の巫女』が選ばれる。その『奉納の巫女』が生まれ育った集落には、その先十年の安寧《あんねい》が与えられるのじゃ！　作物は豊作！　無病息災《そくさい》！　よってその集落を治める長が、このミクトラン山脈に住まう者達の首長になるのじゃよ！　他の集落にその安寧を分け与えるために！　前回はそこにいるグンデルの娘が選ばれたからの、ワシが首長になったわけじゃ！　そして今回は外の人間が選ばれた。掟により、外の人間が選ばれた場合は現首長が先十年、首長を引き継ぐのじゃよ！」

首長はそう言って汚い笑顔を作ると、周囲の老人に対して勝ち誇るように腕を組んだ。

ユウナの命が犠牲になるというのに、こいつらは自分達のことしか考えていない。アルテナはこんな奴らのことを「可愛い子供」と言っていたのか。俺は今すぐにでも飛びかかりたい気持ちを必死に抑えて、老人達に尋ねた。

「鶏竜蛇《コカトリス》には会うことができるのでしょうか。なぜ私の友人が選ばれたのか、教えていただきたいのです」

嘘も方便《ほうべん》とはよく言ったものだ。ユウナが選ばれた理由など本当はどうでもいい。一刻も早く鶏竜蛇《コカトリス》の元へ行き、ユウナの呪いを解いてもらいたいだけだ。

しかし笑顔だった首長も俺の言葉に顔をしかめて首を振った。

「会うことができるのは首長のみじゃ。余所者《よそ》が会うことはできん！　我らの守り神じゃからの！　さぁ行け！」

老人がそう言うと、グンデルさんが俺の腕を引っ張り上げて外へ連れていこうとする。扉を通ろうとしたその時、後ろから首長が俺に声をかけてきた。

「ああそうそう、此度《こたび》の『奉納の巫女』は純潔《じゅんけつ》かの？」

「……は？」

「鶏竜蛇様《コカトリス》は純潔の娘が嫌いでのぉ。首長が責任をもって純潔をいただくのじゃよ。だからお主、友人をここに連れてくるのじゃ。純潔であればワシがもらってやるからの」

いやらしい目つきで笑う首長。その周囲からは悔しがる言葉が飛び交っている。

俺はグンデルさんの腕を振りほどき、腰に携えていた剣の柄を握った。こいつらは生きていてはいけない存在ではない。アルテナは「歴史を知らない」とか言ってたが、そんなものは知らなくても分かる。こいつらは殺してもいい。いや、殺さなくてはならない。

俺が剣を抜こうとしたその瞬間——

「少年!!」

グンデルさんが叫び声を上げた。

俺は振り返ってグンデルさんの顔を見る。グンデルさんは俺に同情するかのように、悲しさに溢れた顔をしていた。

■

首長の家をあとにした俺とグンデルさんは、無言で道を歩いていた。

それからレックスを返してもらって手綱を引きながら、門の方へ歩いていく。しかし途中でグンデルさんの足が止まり、「家に寄って行かないか？」と誘われ、俺は悩んだ末にお邪魔することにした。もしかしたら鶏竜蛇《コカトリス》のことについて教えてもらえるかもしれないと考えたからだ。

グンデルさんの家は他の家よりも少しだけ大きかった。それがなぜなのかは聞かない。理由はきっと「奉納の巫女」が生まれた家だからだろう。そして俺はグンデルさんに促《うなが》されるまま、家の中へと入った。

家の中は質素で不必要な物は一切なかった。部屋の中では一人の女性が料理をしており、グンデルさんが声をかける。

「ただいまライラ」

「おかえりなさい、貴方。……その方は？」

俺の服装が珍しかったのか、ライラと呼ばれた女性は少し怯えた様子でグンデルさんに問いかける。

「外から来た人なんだが、『奉納の巫女』の友人だ。もう時間も遅いし、夕飯を一緒にどうかと思ってな」

「『奉納の巫女』の……そう」

ライラさんは俺が「奉納の巫女」の友人と知ると、さっきのグンデルさんと同じように悲しい顔をした。そして気まずい空気が流れる。俺は名前を名乗ることを忘れていたのに気付き、慌てて二人に挨拶をした。

「アレクと申します。その……なんと言ったらいいのか」

「いいんだ。気にしないでくれ」

グンデルさんは無理やり作った笑顔でそう言ってくれた。

彼らは実際に娘さんを「奉納の巫女」として生贄に捧げている。どう見てもこの二人はそれを喜んでいるようには思えない。当たり前のことなのだろうが、悲しむ人がいるのにもかかわらず、なぜこの掟を守らなければいけないのだろうか。俺はどうしてもそれが納得できず、グンデルさんに尋ねた。

「どうしてこの集落では、鶏竜蛇《コカトリス》を神のように崇《あが》めているんですか？　国の騎士団や冒険者に依頼すれば生贄を出す必要もないはずです。なぜそうしないんですか？」

「したくても、できないんだよ。鶏竜蛇《コカトリス》様の祟《たた》りが怖くてね」

「祟り？」

「以前にも、君と同じようなことを言った者がいたらしい。五十年ほど前に私と同じく、娘を失った者がね。『鶏竜蛇《コカトリス》になんて頼る必要はない！　国に頼もう！　それが無理なら自分達でなんとかしよう！　そうすればこれ以上悲しむ人が生まれずに済む！』と。集落の人達の中にはその言葉に賛同している者もいたんだ。だがどこからか突然火の球が飛んできて、その者を襲った。火は全身に回り、数分後には息絶えたそうだ。それ以来この集落で、鶏竜蛇《コカトリス》様に対してものを言う人はいなくなった」

グンデルさんは何かに怯えるかのように語る。

しかし俺からしたら、それは恐怖でもなんでもない。ただの『灯火《トーチ》』だと分かる。鶏竜蛇《コカトリス》が『灯火』を使ったのか、はたまた鶏竜蛇《コカトリス》の存在を消されては困る何者かが魔法を使っただけだ。俺はグンデルさんにそう告げる。

「それって祟りでもなんでもない、ただの『灯火』ではないですか？　現状を維持したい誰かが、邪魔者を排除するために放ったとしか思えません。現場を見ていないのでなんとも言えませんが」

俺が顎に手を当てて犯人が誰なのか推理をしようとすると、グンデルさんとライラさんは俺の顔を見つめて不思議そうな顔をしている。

そうして俺は驚きの発言を耳にした。

「『トーチ』とは一体なんだ？」

「え？　『灯火』って初級火魔法のことですよ。魔法使い系の職業であれば大半の人が使えるはずです」

「ちょ、ちょっと待ってくれ。『魔法』とはなんだ？　『職業』とはなんだ？」

グンデルさんは俺の発した言葉を本当に知らないみたいだった。なぜこの世界の人間なら誰でも知っているようなことを知らないいんだ。八歳になれば全員が教会に赴き、「鑑定の儀」を受けてステータスカードを手に入れる。そして自分の職業を知り、スキルを使えるようになる。そもそも生活魔法であれば俺以外の人間は全員使えるはずだ。それを知らないということは――

「つかぬことをお聞きしますが、この集落に教会はありますか？」

「『教会』？　そんなものは聞いたこともない」

グンデルさんは、なんだそれはという顔をしている。教会がなければ自分の職業もスキルも知ることができない。

つまり、さっきの話の『灯火』はモンスターが飛ばしたということか？　だが、そんなピンポイントで当てられるような器用なことができるだろうか。俺が思考を巡らせていると、グンデルさんが魔法についてしつこく聞いてきたので、実際に見せてあげた。

「『灯火《トーチ》』、これが魔法です。他にも『水球《ウォーターボール》』、みたいに水の球も出せます」

両手に『灯火』と『水球』を浮かべながら二人に告げる。

二人は目の前で起きている出来事が信じられないのか、大口を開けて固まってしまった。そして震える指先で俺の『灯火』を指差す。

「そ、それは、他の人間も使えるのか？」

「使える人は使えます。グンデルさんでも生活魔法程度なら使えますよ」

そう言ってグンデルさんに『灯火』の詠唱を教えてみた。するとものの数秒で、グンデルさんの指先にほのかに火がともる。俺が感嘆の声を上げると、グンデルさんはその姿勢のまま両目から大粒の涙を流し始めた。

「エミリーは、こんな面白いものがあることを知らずに、この世を去ったのか」

グンデルさんの言葉につられてライラさんも涙を流す。エミリーとは娘さんの名前だろう。彼女を含め、この集落で犠牲になった「奉納の巫女」達は、魔法の存在も職業の存在も知ることなく、この世を旅立っていったのだ。

だがそもそも、なぜそんなことが起きるのだろうか。俺はアルテナの言葉を思い出す。

『彼らの歩んできた歴史も文化も何も知らない君が、少し話を聞きかじった程度の君が、僕の可愛い子供達を殺す。それを神になったつもりと言わずなんと言えばいいのかな？　彼らが自分達の命を犠牲にしたことがないと、なぜ言いきれるんだい？』

事実、俺は何も知らなかった。今、目の前に、娘を失って悲しみに暮れる父と母がいるのだ。俺はこの人達にすら「死んだって仕方がない」という言葉を向けていた。俺はユウナだけではなく、グンデルさん達のような人も救わなくてはならない。やっとそのことを知ることができた。

俺は泣き崩れる二人に向かって声をかけた。彼らが歩んできた歴史を知るために。

落ち着きを取り戻したグンデルさんは涙を拭いながら、この集落の歴史を話してくれた。

まず、ここに村ができたのは四百年ほど前。魔族との戦争の真っただ中、住む場所を奪われた人々が新たな住処を探して訪れたのが、このミクトラン山脈の麓である。そこに新しく村を作ったのがこの集落の始まり。戦争が終結するまで、彼らはひっそりと暮らした。山に実る果実や川を流れる水を汲《く》み、生活圏を作っていった。

そして百年ほど経ち、戦争が終わりを迎えたことを知る。人口も増え、彼らは喜びに酔《よ》いしれた。しかし、新たな敵が彼らを襲った。それがモンスター達である。彼らの生活を脅《おびや》かし、命を蹂躙《じゅうりん》する様に、村人達は死を覚悟した。その時、ミクトラン山脈の頂上に不思議なモンスターが現れた。

『助けて欲しければ五人の命を捧げよ』

そのモンスターの言葉を信じ、自らの命を捧げることで村の人々を守った五人の者達がいた。それが現在の長の先祖らしい。そしてモンスターは約束を守り、他のモンスター達から村の人々を守った。それから十年に一度、村から「奉納の巫女」が選ばれ、その者を生贄とすることでこの村を守り続けてくれた。そのモンスターが鶏竜蛇《コカトリス》であると。それから現在に至るまで、鶏竜蛇《コカトリス》を守り神として崇めてきたというわけだ。この過程の中で教会が失われ、職業という存在が忘れ去られたということになる。

「国の人間が来ることはなかったのですか？　この地はフェルデア王国の領地です。ここまで集落が大きくなっていれば、この地を治める貴族が訪ねてきたはず」

「何度か来たことがあると歴史書には記されている。一番最後に来たのは、ちょうど二百年ほど前だ。それ以降は聞いたことがない。だが外の人間が訪れた時は祟りが発生し、村に災《わざわ》いが起きた。何もないところで爆発が起きたり、大の大人の両足が鋭い刃で切られたかのように切断されたと。歴史書にはこの村を訪れた傍若無人《ぼうじゃくぶじん》な貴族と自身を蔑《ないがし》ろにした者達に対し、鶏竜蛇《コカトリス》様が直接天罰を下したと記されている。だから村人達は外の人間がこの地を訪れることを酷く嫌っているんだ」

「だとしても、国がそのままにしておく理由にはならないと思います。三百年もの間、『奉納の巫女』が鶏竜蛇《コカトリス》の生贄になっているんですから。私の友人が呪いの対象になったように、今までも集落の外の人間が対象になったこともあるでしょうし」

「そういえば、これまで集落の人間以外が『奉納の巫女』に選ばれたことなんてなかったんだ。『奉納の巫女』の名前は集落にある石碑《せきひ》に刻まれ、そこには三十人の名が記されているんだが、外から選ばれた人間はいなかったと思う」

国が動かなかった理由はそういうことか。この集落以外の人間が鶏竜蛇《コカトリス》の呪いの対象にならないのであれば、手を出さないのは納得はできる。そもそもそうした慣習があることさえ知らなかったのではないだろうか。

しかしどういうわけか、この不気味な「掟」は国にも伝わり、なぜか今回ユウナが「奉納の巫女」になってしまった。そしてその不気味さゆえに、国さえ手を出せずにいる。王女が死の危険にさらされているにもかかわらず。

「そういえば、この集落には掟があると聞かされているんですが、どんな掟なんでしょうか？」

「簡単さ。壱《いち》、村に外の人間を受け入れてはならない。弐《に》、鶏竜蛇《コカトリス》様を崇め、『奉納の巫女』に選ばれたことを誇りに思うこと。参《さん》、村の外に行ってはならない。肆《よん》、鶏竜蛇王国の人間としてこの地を守り抜くこと。これを守らなかった人間には祟りがあるとされている。君の場合は『奉納の巫女』の友人だからと、首長がお許しになったのだ」

俺が外の人間であるにもかかわらず、掟の壱に引っかからないのは「奉納の巫女」の友人だから。そういう建前《たてまえ》だろう。

実際にこの掟を破ったところで祟りなんか起きやしない。モンスターにそんな力がないことはこの俺がよく分かっている。だが掟の中にも気になる点はあった。

「鶏竜蛇王国？　ここはフェルデア王国の領土ですよ？」

「君はさっきもそう言っていたが、ここに住む人達はフェルデア王国なんて知らない。私は警備隊長ということもあり首長から他にも国があることは聞かされてはいたが……ここは二百年ほど前から鶏竜蛇王国だ」

二百年ほど前からということは、先ほど話にあったこの国に外の人間が訪れた時と重なる。その時に何かがあって、この地を独立国家としたのかもしれないな。いずれにしても、そんなことは許されていない。この地をフェルデア王国に支配されるのがよほど嫌な存在がいるのか。

俺の推測では、全集落を束《たば》ねる存在である長達がなんらかの手引きをしている。王国に支配されるのではなく、自分達が支配する側に立つために掟を利用して外部の人間を拒む。さらに集落に祟りという存在を知らしめておくことで、恐怖で彼らの行動を制限する。自分達が甘い蜜《みつ》を吸い続けるために何かしてきたのだろう。

だが祟りを行うには教会が必須だ。教会で職業を手に入れて魔法を使える人材を確保する必要がある。自分がそうでなかった場合、近親者もしくは側近に魔法職の人間を置いておくはずだ。

「グンデルさん。この集落内で限られた人間だけが行ける場所はありますか？　建物の中とか」

俺の質問を聞いたグンデルさんは頭を捻《ひね》り、腕を組んでうなり始めた。後ろで料理をしていたライラさんもいつの間にかその手を止めて必死に考えている。そしてライラさんがハッとした顔をして「そういえば」と切り出した。

「『宣告の間』と呼ばれる小屋が首長の家の隣にあります。鶏竜蛇《コカトリス》様からのお告げを聞くための小屋だそうで、そこには首長と限られた人間しか入れないはずです」

ビンゴ。まだ不確定だがそこに教会があるはず。あとは、首長達が祟りを人為的に発生させている証拠さえあれば……

上手くいけば、鶏竜蛇《コカトリス》を崇める必要もなくなり、国の指示に従うようになるかもしれない。

少なくともグンデルさんは俺に協力してくれるはず。あとは数名の協力があれば俺の考えている作戦を実行できる。

「グンデルさん……俺の考えが正しければ、祟りは首長達が人為的に起こしてます。もし掟を破っても集落に災いが起きないのなら、これ以上鶏竜蛇《コカトリス》を崇める必要はありません。既に集落以外から『奉納の巫女』が出てしまっている以上、鶏竜蛇《コカトリス》を討伐してフェルデア王国に従うべきです」

「しかし……」

「貴方の協力が必要なんです。どうか、俺の友人を救ってください」

俺はグンデルさんに向かって頭を下げ、手を伸ばす。

ユウナを救うためにも、彼らの娘さんのエミリーの仇を打つためにも。グンデルさんの協力がなければ俺の作戦は成功しない。

「……分かった。君を信じよう」

グンデルさんはそう言うと俺の手を力強く握ってくれた。

まがりなりにも平穏を保っていた集落に嵐《あらし》が訪れる。

未来ある者の命を、私利私欲のために奪っていた者達への断罪という名の刃《やいば》をもって。

■

グンデルとアレクが固い握手を交わした翌日。

首長の家には、これまでと変わらぬ朝が訪れていた。

「ふぅ。歳には勝てぬのぉ」

首長はそう言って自身が寝ていた大きいベッドから起き上がり、服を着替える。

首長が抜けたベッドには裸の女がまだ寝息を立てて眠っていた。首長はその裸体を見て、老いてなお欲望に衰えを見せない男根を大きくさせる。そして着かけた服のボタンを取り払い、ベッドに舞い戻って事を済ませようとしたその時、慌てた様子で男が駆け込んできた。

「ゴ、ゴーロック様!!」

「なんじゃ、ベラ。いつもノックをしろと言っておるじゃろうが」

首長は少し苛立《いらだ》ちながらもボタンをかけ直し、ベッドの上からゆっくりと下りる。

ベラと呼ばれた男は叱責を受けて頭を下げたが、すぐに顔を上げて集落で起きている事態を報告し始めた。

「グンデルが謀反《むほん》を起こしました！　中央広場で村人を集め、鶏竜蛇《コカトリス》様に異を唱えております！」

「なんじゃと!?　あのグンデルが……もしやあの小僧に絆《ほだ》されたか」

首長は慌ててフードをかぶり、杖《つえ》を持って歩き始めた。

あの小僧が来たせいで、皆が外のことを知ったのかもしれん。魔法について知られてしまったのではなかろうか。そんな不安が頭を過《よ》ぎる。

グンデルは警備隊の隊長として周囲の人間からの人望も厚い。一刻も早く奴の息の根を止めねばならん。

首長は側近のベラと共に急いで中央広場へと向かった。

そこには小さな台の上に立ち、集まった人々に向かって演説をしているグンデルがいた。

「鶏竜蛇《コカトリス》などに頼る時代は終わったのだ！　我々は自分の力でこの地を守っていこうではないか！『奉納の巫女』という存在をこれからも継承していく必要はない！　外の人間に被害が出てしまった以上、我々の問題だけでは済まされないのだ！　これ以上悲しみに暮れる人を増やさないためにも、立ち上がろうではないか！」

拳を振り上げ、その場にいる者達に語りかけている。

周囲には賛同している者もいた。彼らは以前「奉納の巫女」輩出した家の者達だ。

しかし他の人間達はグンデルの言葉を耳にしながらも祟りに恐れを抱いているのか、怯えた様子でキョロキョロと周囲を確認している。

首長はグンデルの演説内容を聞き、安堵していた。教会や魔法の単語は出てきていない。これなら奴を祟りで殺してしまえばいいと。

首長は手に持っていた杖を頭上に掲げ、グンデルに向かって振り下ろした。

どこからともなく火の球が飛んでいく。首長はそれを見て自然と笑みを零した。これで再びワシの生活は安寧を取り戻す。そう思っていたのだ。

しかし、その思いもこれからの人生も、首長が望むものとは全く違うものになってしまった。

「『炎盾《フレイムシールド》』」

突然グンデルの前に炎の渦が現れ、それは飛来してきた火の球を呑み込んでしまった。周囲にいた人間も訳が分からず混乱している。

しかしその混乱も何者かの叫び声によって収まった。

「捕らえたぞ!!」

首長が声のした方に顔を向けると、そこには数名の警備隊によって取り押さえられたベラがいた。

何が起きているのかさっぱり分からない首長は、その場から逃げるように立ち去ろうとした。

が、しかし、後ろから右肩を叩かれたことで反射的に振り向いた。そこには怒りに満ちた顔のアレクが立っていた。

時は前日に遡《さかのぼ》る——

グンデルさんと固い握手を交わしたあと、首長達の企《たくら》みを暴《あば》くための作戦会議を始めた。

まず第一に、グンデルさんには囮《おとり》役と作戦が上手くいったあとのまとめ役を担ってもらう。人望も厚い彼が真実を告げたら、きっと他の人間も聞き入れるはずだ。

作戦は簡単で、祟りという名の『灯火』が飛んできたという伝承と同じような状況を作る。そこで準備をしていた警備隊が、魔法を放った人物を取り押さえるといった手はずだ。首長の側近には目星をつけておいて、俺が『鑑定』をかけて職業を確認しておけば、ある程度絞れるはずだ。そうすれば取り押さえる人数も少なく済むし、グンデルさんの身も守れる。

あとはこの作戦を成功させるために、警備隊を数名確保する必要がある。首長側でなく、俺達の作戦に賛同してくれる人間でないとだめだ。

それに加えて、俺の推測が正しいという証明をしなければならない。そのためにもグンデルさんには『灯火』をマスターしてもらう。俺が魔法を見せたところで、外部の人間だから信用されるはずもない。この作戦は集落にいる人間の手で成功させなければいけないのだ。

「信用できる人間か……数名ならいるぞ。俺と同じく家族を失った者達だ」

「本当ですか？　その人達をこの家に呼ぶことってできます？」

「問題ない。警備について報告があると言えば首長達にも疑われずに済むはずだ」

「分かりました。ではその人達にグンデルさんの魔法を見せてやりましょう！」

そして数時間後、グンデルさんの家に集まってくれた六名の警備隊の人達に、俺が推測した見解を話した。本来であれば誰も家族を失う必要はないのだと。悪いのはすべて私利私欲のために「奉納の巫女」という存在を利用している首長達だと。

しかし、警備隊の面々は外から来た人間の話にはまるで興味を持たなかった。寧《むし》ろ自分達を騙して貶《おとし》める存在であるかのように俺のことを睨みつけてきた。

このままではらちが明かないと、グンデルさんは半信半疑な警備隊の人達の前に立ち、一本の指を出して魔法を放った。

「我が指先に灯せ『灯火《トーチ》』。……これが魔法だ。分かるか？　俺の娘もバットの姉も、こんな素晴らしいモノがあることを知らずにこの世を去っていったんだ……」

警備隊の人達は、自分達の隊長が指先から火を放出していることに驚愕《きょうがく》していた。グンデルさんの顔と指先を交互に見ながら口を開けている様子は、本当にこの集落に魔法がなかったことを物語っている。

やがてグンデルさんの近くに座っていた中年の男が手を挙げ、「触れてみてもいいか？」と言ってきた。グンデルさんは頷き、指先をその男の方へ近づけていく。男は恐る恐る右手をグンデルさんの火元へと動かし、小さく揺らぐ炎に触れた。

「……熱い。本当に火なんだな。グンデルは神の使いだったのか！」

「違う！　これは誰でも使えるものだ！　ここにいる全員が使えるんだよ！　神の御業《みわざ》でも祟りでもなんでもないんだ！　この少年が話したように俺達はずっと騙されていたんだ‼」

グンデルさんの熱い言葉に警備隊の面々は口を閉じ、無言になる。ようやく俺の話が本当ではないかと信じ始めたようだ。

しかし、警備隊の面々の表情は芳《かんば》しくない。状況は理解できているが、この魔法とやらに対抗する術がない以上、首長達にどう向き合えばいいのか分からないようだった。

確かに武力で制圧したところで、他の村人はグンデルさん側を否定的に見てくる可能性もある。

「奉納の巫女」という存在のおかげで自分達は何も代償にすることなく生きてこられたのだから。

何かを犠牲にしたことがない人間には、グンデルさん達の気持ちは分からないだろう。だから俺は彼らに提案したのだ。

武力的ではなく、平和的な解決方法を取ろうではないかと――


そして時は現在に戻り――

俺は首長の前に立っていた。突然のことに動揺を隠せない首長は周囲を見回している。他の村人は警備隊の方へと視線を向けていて、俺と首長が対峙《たいじ》していることには全く気付いていない。首長は俺に向かって怒りをあらわにする。

「い、一体なんじゃこれは！　グンデルを襲ったのは鶏竜蛇《コカトリス》様の祟りではないか！　なぜベラを捕えておるのじゃ！　離さんか！　捕らえるべきは掟に背《そむ》いたグンデルじゃろう！」

「え、掟に背いた人には災いが降り注ぐんですよね？　黙って見てればグンデルさんを鶏竜蛇《コカトリス》様の祟りが襲うんでは？　ベラという人は何かしたから捕まってるんでしょうし、ここは黙って見ておきましょうよ、ね？」

「グッ……」

俺はわざわざ周囲に聞こえるような声量で返事をした。この集落に住まう人間にとったら「当然」のことを。

俺の声を聞いた村人達から、再び祟りがグンデルさんを襲うのではないかと、悲痛の声を上がり始める。しかしいくら待っても、グンデルさんに鶏竜蛇《コカトリス》様の祟りが降り注ぐことはなかった。その異変に気付いた村人達がざわつき始める。

「お、おかしいぞ。祟りで殺されるはずだ」

「なんでグンデルさんは祟りに襲われないの？　どうして？」

村人達から次々に上がる声に首長は額から汗を流している。

なんとかこの場を収めようとする首長だったが、グンデルさんが村人に向かって語り始めた。

「祟りなど元からなかったのだ！　実際はこの世界に存在する魔法というものを使い、祟りに見立て、自分達の邪魔になる存在を排除していただけだ！　そうだろう、首長！　お前は、その地位を失うのが怖くなり、鶏竜蛇《コカトリス》の存在を消せないようにしていた！」

「な、何を言っているのじゃ？　魔法？　何を言っているのかさっぱり分からん。いいか皆の者！　グンデルは外から来たこの子供に操られているのじゃ！　あ奴のことを信じるでないぞ！」

首長がグンデルさんを指差して叫ぶ。

村人達は俺の顔を見たあと、再びグンデルさんに視線を戻した。

その瞬間、グンデルさんは首長の言葉を待っていたかのように手を前に突き出す。そして指先に意識を集中し詠唱を始めた。

「我が指先に灯せ『灯火《トーチ》』！」

詠唱が終わった瞬間、グンデルさんの人差し指に小さな炎が現れ、揺ら揺らと揺れ始めた。それを見た村人達は驚きの声を上げ、グンデルさんから距離を取る。

首長はグンデルさんが魔法を使ったことに目を見開いて驚き、思わず声を出す。

「な、なぜお前が魔法を……」

「彼が教えてくれたんだ！　教会の存在も職業の存在もな！」

グンデルさんが声を張り上げたのを合図に、首長のことを二人の警備隊が押さえつける。勿論老人だからといって優しくなどしない。地面に顔を押しつけ、背中で手を交差させ、縄でこれでもかというほど締め付ける。首長は苦しそうな声を上げたが二人は容赦しなかった。

「陰謀だ！　反乱だ！　こ奴らはワシの地位が欲しくなり、外の人間の力を借りたのだ！　すぐに鶏竜蛇《コカトリス》様の祟りが来るぞ！」

「そんなことはない!!　俺達は……もう二度と『奉納の巫女』という存在で、大切な人を失いたくないだけだ！　お前のような屑《くず》と一緒にするんじゃねぇ!!」

首長を押さえつけていたバットが涙を流しながら叫び声を上げた。同じく押さえていたもう一人の警備隊も涙を流す。

家族を失った悲しみは俺には計り知れない。集落のためだと割りきっていたが、私利私欲のためと知ってしまった彼らの怒りと喪失感は、誰にも理解することはできないだろう。同じ苦しみを味わった人間だけが理解できるのだ。

だが、彼らはその歩みを止めることを選ばなかった。

彼らは守ったのだ。

未来ある命を。

■

首長を拘束したあと、グンデルさんが中央広場に皆を集めて真実を明かしている中、俺はミクトラン山脈の頂上に向かって走っていた。

諸悪の根源でもある鶏竜蛇《コカトリス》を討伐するために、俺は遭遇するモンスター達をすべて一撃で薙ぎ払い、真っ直ぐに頂上へと駆けていく。

あのあと俺はグンデルさんに声をかけに行った。宣告の間には村人達と一緒に入ってみて、何かしらの像があれば、その像に向かって祈りを捧げてみて欲しいと。そうすればきっと職業をもらえるはずだ。もしもらえなければ首長を脅せばなんとかなるだろう。

そう話すと、グンデルさんは深く頷き、俺には鶏竜蛇《コカトリス》の所に行けと言ってきた。

「少しでも早く君の友人の呪いを解いてやってくれ。そうすればエミリーの魂《たましい》も救われる」

グンデルさんは悲しそうな顔をしながら俺の肩を叩き、村人達の元に向かった。あとはグンデルさん達に任せた方がいいと思い、俺は鶏竜蛇《コカトリス》を目指して走り始めた。村人達が落ち着きを取り戻したら陛下と相談して、騎士団の派遣についてグンデルさんを交えながら相談した方がいいかもしれないな。

『探知』スキルを発動させながら走っていた俺は、一際大きい魔力量を持つモンスターの存在を感知し、その存在に向かって走った。

走ること数分、その存在まであと数十メートルというところで、開けた場所に辿り着いた。

目の前には巨大な岩があり、その岩の上に俺が想像した通りの容姿をしたモンスターが座っている。

俺はいつものようにモンスターに向かって『鑑定』をかけた。

【種族】鶏竜蛇《コカトリス》
【位階】ミクトラン山脈の守り神
【レベル】60
【HP】5000／5000
【魔力】3000／3000
【攻撃力】B＋
【防御力】B＋
【敏捷性】B－
【知力】A＋

【運】Ａ＋
【スキル】
鶏竜蛇《コカトリス》の呪い
毒吐息
上級風魔法
威圧

（こいつが鶏竜蛇《コカトリス》か！　ステータスが異常に高い……それに「ミクトラン山脈の守り神」って、人間にそう呼ばれていただけじゃなくて、本当に守り神だったのか！）

鶏竜蛇《コカトリス》のステータスに驚愕していると、さらに驚くべきことが起こった。

『久しいな……人間が訪れるとは』

なんと鶏竜蛇《コカトリス》が喋ったのだ。脳内に声が聞こえるとかではなく、しっかりと耳に野太い声が響いた。

俺は慌てて剣を構えて攻撃に備える。『上級風魔法』と『毒吐息』、さらに『鶏竜蛇《コカトリス》の呪い』を所持しており、かなり手ごわそうな感じがする。

だが鶏竜蛇《コカトリス》は俺が剣を構えたのを気にするどころか、再び俺に声をかけてきた。

『何用があってここに来た』

「お前と交渉するために来た！　『鶏竜蛇《コカトリス》の呪い』をすぐに解け！　もう生贄を求めるのをやめろ！　それができないのならお前を殺す!!」

　俺は剣に魔力を帯《お》びさせ、左手で魔法を放つ準備をする。もはや鶏竜蛇《コカトリス》を殺してはならないという縛りは消えた。本来であれば躊躇《ちゅうちょ》なく殺してもいい。だがこいつが三百年という長い年月の間、集落を守ってきたことは確かだ。それに敬意を払わないというのもどうかと思ったので一応尋ねてみたのだ。

　しかし俺の問いかけに対し、鶏竜蛇《コカトリス》は恐るべき事実を語った。

『贄などとうの昔にやめておる。我が贄を必要としていたのはこの地に降り立った百年の間だけだ。この山の守り神として力を振るうため、どうしても贄が必要であった。そして無事、彼女達のおかげで我はこの山の守り神となれたのだ』

「ふざけるな！　今も一人の女の子がお前の呪いによって苦しんでいるんだぞ！　それに三百年間で三十人は『奉納の巫女』としてお前の生贄になっているはずだ！　その証拠に生贄になった人達の名前が集落の石碑に刻まれているんだぞ！」

『そんなことは知らぬ。我が贄として喰らったのは、初めの五人とあとに十人の十五人だけだ。最後の贄を喰らった時、貴様らの長にも贄は終わりだと告げている』

　どういうことだ。辻褄《つじつま》が合わなすぎる。現にグンデルさんの娘は『鶏竜蛇《コカトリス》の呪い』によって体を蝕まれて亡くなったはずだ。警備隊の人達とユウナを含めれば、少なくとも六人は呪いにかかっているんだぞ。だが鶏竜蛇《コカトリス》が嘘をついているようにも思えない。自分が喰らった人達に律儀に感謝の意を述べるような奴が、その後も生贄を喰らうだろうか。

「じゃあなんで未だにお前の呪いにかかる人がいるんだ。俺のスキルで確認したらちゃんと『鶏竜蛇《コカトリス》の呪い』と出たんだぞ！　お前の他にも鶏竜蛇《コカトリス》がいるって言うのか！」

『ふむ……我の他に、か。悪いが、我は我以外に同族を見たことはない。だが、我の呪いが今も途切れることなく続いているのが真実であるなら、他に同族がいるのやもしれぬな。それか……』

「それか、なんだっていうんだ！」

『それか、贄となった者の体を破壊したかだな。我の呪いによって死を迎えた体はやがて石となり、その体は我の呪いによって覆われる。その体を破壊すると呪いは宿《やど》り木《き》を失い、新たな居場所を求めて彷徨《さまよ》うこととなる。そして、新たな居場所を見つけた呪いはその宿り木を蝕んでいく』

「つまり、集落の誰かが『奉納の巫女』を破壊したってことか？」

『そういうことだ』

おそらく首長側の人達がやっていたのだろう。鶏竜蛇《コカトリス》が贄を喰らわなくなったあともずっと、鶏竜蛇《コカトリス》の祟りという恐怖で村人達を縛り付けるために。どうやって呪いの仕組みに気付いたのかは知らないが、石になった体を破壊してたんだ。

だからこそ呪いは集落内では収まりきらず、王都のユウナの所まで届いてしまったのか。仮に十五体すべて壊されているなら他に被害者もいるかもしれない。

腹の奥底が煮え滾《たぎ》るかのようにふつふつと怒りが湧き出す。アイツらは生かしておいていい人間じゃない。そう思った俺は向きを変え、山の麓に向かって走りだそうとした。

『どこへ行く。我を連れていけ』

「は？　なんでお前を連れてかなきゃいけないんだ」

『貴様の言うことが正しければ、我の贄となった者の体を故意に破壊した輩《やから》がいるというわけだ。我の半身である子らを破壊したのだぞ？　その罪は大きい。八つ裂きにしてやらねば我の気が収まらぬ』

そう言うと鶏竜蛇《コカトリス》は岩の上から降り立ち、俺の所までノソノソと歩いてきた。

『乗れ、我を貴様らの長の所へ案内するがよい』

そう言って足を屈ませ、俺に背中に乗るように言ってきた。

俺は仕方なく鶏竜蛇《コカトリス》の背に乗ると、その背中をしっかりと掴む。

鶏竜蛇《コカトリス》が飛行すると思いそれに備えて気合を入れた。しかし俺の考えとは裏腹に、鶏竜蛇《コカトリス》は勢いよく山を駆け下りていく。

「え、飛ばないのか？」

『飛べるわけなかろう。我は鶏竜蛇《コカトリス》であるぞ？』

「じゃあ、背中に付いてる竜の翼はなんだ？　飾りか？」

『それは畏怖《いふ》の象徴として付いているに過ぎん。我は飛ぶことなどできん』

「そうか……」

モンスターの背に乗って空を駆けることができると思ったが、少し残念だ。ともかく今は鶏竜蛇《コカトリス》と共に集落に向かい、長どもに制裁を与えることとしよう。グンデルさんが先走って首を刎《は》ねていなければいいのだが。長どもには俺の推測よりも遥かに重い罪が加わるのだからな。


山の麓に降りた俺達は、集落の中が大騒ぎになっていることに気付く。

慌てて中央広場に向かうと、グンデルさんが離れた所に倒れており、中央には首長とベラともう一人の男が立っていた。警備隊の面々は腕や体に傷を負っているのか、膝をついて顔をしかめている。

首長達は俺が乗った鶏竜蛇《コカトリス》の存在に気付くと笑みを浮かべ、こちらを指差しながら声を張り上げた。

「見よ！　鶏竜蛇《コカトリス》様が直々に、掟に背いた者に災いを与えに舞い降りてくださった！　皆の者、頭を下げよ！」

首長の言葉を聞いた村人達はこちらを振り向き、鶏竜蛇《コカトリス》の姿を見た途端、地面に膝をついて頭を下げた。グンデルさんは首長の言葉に反応を示さず、身動き一つしない。

俺は鶏竜蛇《コカトリス》の背中から飛び降り、村人達の合間を縫ってグンデルさんの元へ駆け寄った。

「グンデルさん！　グンデルさん！」

「……っ、君か。すまない……首長の息子も魔法使いだったのだ。不覚だった」

苦しそうに顔を歪《ゆが》めながらもなんとか俺に返事をするグンデルさん。

俺は彼の痛みを和《やわ》らげるために回復魔法を発動させた。この集落の人達なら、俺が回復魔法を使えることを疑問には思わないと判断したからだ。

グンデルさんを淡い光が包み込み、彼の傷を癒していく。グンデルさんは傷が癒えたことに驚いていたが、これも魔法のおかげだと疑問は抱いていなかった。

だがしかし、俺が連れてきた鶏竜蛇《コカトリス》に対してグンデルさんは怒りをあらわにしていた。俺の胸倉《むなぐら》を掴むと怒気が籠《こも》った声で静かに怒りをぶつけてきた。

「なぜ殺していない！　君は鶏竜蛇《コカトリス》を殺すと俺に約束したじゃないか!!　娘の仇を取ると!!　なのに、なぜ鶏竜蛇《コカトリス》は生きているんだ!!」

「それには訳があるんです。鶏竜蛇《コカトリス》が言うには自分は十五人の贄しか喰らっていない、二百年前に贄を喰らう必要はなくなったと。そう俺に言ってきたんです」

「なんだと！　君はそれを信じたのか！　モンスターの言葉だぞ！　嘘に決まってる！」

「俺もまだ半信半疑です。だからこの場に連れてきたんですよ！」

俺がグンデルさんを窘《たしな》めていると、首長の言葉に反論するかのように、少し呆れた様子で鶏竜蛇《コカトリス》は喋り始めた。村人達はモンスターが話せることに驚いたのか、地面に伏せていた顔を上げて鶏竜蛇《コカトリス》の方へ視線を向けている。

『災いなど与えん。我は我の半身を見に来たのだ。二百年前、貴様らの長に伝えたはずだ。『十五人の我が半身を末代まで崇めよ』とな。我が半身となった者達の石像はどこにある。早く見せろ』

鶏竜蛇《コカトリス》の言葉に首長は表情を曇《くも》らせ、焦り始める。そして慎重に言葉を選びながら、鶏竜蛇《コカトリス》に向かって弁明を始めた。自分達の行いを隠すために。

「そ、その……彼らの像は何者の手ですべて壊されてしまったのです。この集落の人間の仕業《しわざ》では決してありません！　きっと外の人間が我らの存在を疎《うと》ましく思ったのでしょう。で、ですから彼らの像は……もうないのです！」

『ほう。そうであったか。では貴様らの首をもってその罪は許すとしよう』

「な!!　お、お待ちください！　我らは何もしておりません！」

『何を言っておる。貴様らが大事に扱っていれば我の半身は壊されることなどなかったのだぞ？　その腑抜《ふぬ》けどもを我が許すと思うか？　貴様達の首でそれを許すと言っておるのだ。光栄に思うがよい』

「そ、そんな……」

首長の顔は青ざめて精気が抜けていった。隣で膝をついている二人はがくがくと体を震わせている。

鶏竜蛇《コカトリス》は首長から視線を逸らすと俺の方へ顔を向け、ゆっくりと歩いてきた。

グンデルさんは体を震わせながらも立ち上がり、槍を握ってその矛先を鶏竜蛇《コカトリス》に向ける。

鶏竜蛇《コカトリス》は俺の前で立ち止まり、その身を屈めて背中に乗るように言ってきた。

『小僧、宿り木を失った呪いによって亡くなった者達の名まで刻まれている石碑があると言ったな。そこに我を連れて行くがよい。我にはその名をこの身に刻む義務がある』

「分かった。グンデルさん、案内をお願いできますか？」

「……その前に答えてくれ。アレクが言ったように、アンタは二百年前から贄を喰らってないのか？」

グンデルさんは手から血が滴《したた》り落ちるほど槍を握る手に力を込めながら、鶏竜蛇《コカトリス》に斬りかかるのを必死に堪えて尋ねた。

鶏竜蛇《コカトリス》はグンデルさんの目を真っ直ぐに見つめ、ハッキリと答えた。

『我が最後に喰らった贄はしっかり覚えている。リサという名の女だ。二百年前に彼女を喰らって我は満たされた』

「エミリーは！　俺の娘はどうしたんだ!!　五年前、お前の呪いによって俺の娘は死んだんだぞ!!」

『残念だが知らぬ。我は、我の贄となった者達に敬意を払っている。名を忘れることなど決してしない。だがやはり……小僧が言っておることは正しかったようだな。我の呪いが続いておると。不愉快極まりない』

鶏竜蛇《コカトリス》はそう言うと、身を翻《ひるがえ》して首長達の元へ歩いていった。そして首長の目の前に辿り着くと身を屈めて顔を近づけた。そして怒りの籠った口調で首長に向かって問いかけた。

『貴様ら、我の質問に嘘偽りなく答えた者は救済してやろう。半身の体を故意に破壊した者を知っておるか？』

鶏竜蛇《コカトリス》の言葉を聞いたベラと首長の息子はパッと顔を明るくし、すぐさま隣にいる首長を指差しながらすべてを語り始めた。

「こ、こいつでございます！　こいつが石像を壊していました！　呪いを途切れさせないためにとかなんとか言って！」

「そ、そうでございます！　確かに石像は首長が破壊したと聞かされております！」

自分達が助かるために、首長の息子は親の命すらも差し出した。ベラも必死になって首長の息子の言葉に乗っかり、すべての責任を首長へ押しつけようとしている。

村人達は首長の息子達の言葉を聞いて呆然としていた。今何が起きているのか、あまり分かっていない様子だ。

しかし、俺の隣に立つグンデルさんや警備隊の人達は違う。自分達の家族を奪った人間が目の前にいると分かったのだ。その怒りの矛先を向けるべき人間が。

責任を押しつけられた首長は必死に言い訳を始めた。

「ち、違うのです！　この村の繁栄を願い、鶏竜蛇《コカトリス》様のお力になればと考えた末の行動なのです！どうか、どうか平にご容赦を!!」

『よかろう。正直にすべてを語ったのだからな。約束は守ろうではないか。ここで待っているがよい』

鶏竜蛇《コカトリス》はそう言うと首長達から体を離し、再び俺達の所へ戻ってきた。そして身を屈ませ、俺とグンデルさんに背中へ乗るように催促する。

しかしグンデルさんは我慢ならなかったのか、首長に向かって走りだしてしまった。そのグンデルさんの首根っこを鶏竜蛇《コカトリス》が咥《くわ》えて押さえる。

「離せ‼　アイツは！　アイツは俺の娘を殺したんだぞ‼」

『案ずるな。あ奴はあとで裁きを受けさせる。あんな者を相手にするより、まずはそなたの娘の名が彫られた石碑に我を案内するのが先だ。小僧、早く乗れ』

言われるがままに俺は鶏竜蛇《コカトリス》の背中へ飛び乗る。グンデルさんは唇を噛み締めながら、怒りを抑えて渋々鶏竜蛇《コカトリス》の背中へ乗った。

そして「あっちだ」とグンデルさんが指を差すと、鶏竜蛇《コカトリス》はその方向に向かって走り始めた。

グンデルさんが指示した場所には本当に簡素な石碑が立っていた。「奉納の巫女」として自分の身を捧げた者の名が彫られているのみである。

グンデルさんは鶏竜蛇《コカトリス》の背中から飛び降り、悲しい目をしながら石碑を撫でた。娘さんのことを思い出したのか、その両目からは溢れんばかりの涙が零れ落ちる。

「俺の娘は……あんな奴のために死んでいったんだ。どうして、どうしてだ!!」

膝から崩れ落ち、拳を地面に打ちつける。

娘は集落の存続のために命を捧げた、娘は役目を果たした。そう思っていたこの五年間は一体なんだったのだろう。いっそ真実を知らなかった方がましだったかもしれない。

グンデルさんの泣き崩れた姿を見るとそう思ってしまう。彼がどんなに願おうが、今さら真実が明るみに出たところで、最愛の娘は戻ってこないのだから。

すると、グンデルさんの隣に移動した鶏竜蛇《コカトリス》が、ゆっくりと石碑に顔を近づけ何かを唱え始めた。

『我が半身達の名を、我が魂に刻みたまえ』

その瞬間、鶏竜蛇《コカトリス》の体を光が包み込み、石碑に刻まれていた文字が光となってその体の中へと入っていった。グンデルさんは涙を流しながらその光景に見入っている。

そして光が落ち着くと鶏竜蛇《コカトリス》は息を吐き、グンデルさんの顔を見て呟いた。

『エミリーの父、グンデルよ。そなたの娘の名は我が魂に刻まれた。彼女達の魂に誓い、我はこの地を守り続けると約束しよう。彼女達の死を無駄にはさせん』

その言葉を聞いたグンデルさんは項垂《うなだ》れながらも、「ありがとう」と呟いた。彼にしたら鶏竜蛇《コカトリス》の存在も疎ましく思えるだろう。ただそれでも、エミリーの死は無駄ではなくなった。そう思えるだけでも彼は救われるはずだ。

『では奴らの救済に行こうではないか』

鶏竜蛇《コカトリス》はそう呟き、不敵な笑みを浮かべた。

首長達が待っている広場に俺達が戻ってくると、三人の罪人はまるで俺達の奴隷《どれい》のように振る舞ってきた。

「お待ちしておりました鶏竜蛇《コカトリス》様！　さぁさぁこちらへどうぞ！　グンデル様もご一緒に！」

「お坊ちゃまもさぁ！　ふんだんに料理をご用意させますので！」

そう言って俺とグンデルさんの手を引っ張ろうとする首長の息子とベラ。

しかしグンデルさんはその手を払いのけると、颯爽《さっそう》と鶏竜蛇《コカトリス》の背から飛び降りて槍を構えた。そしてその穂先《ほさき》を首長の息子の喉へ向け、叫び声を上げる。

「黙れ!!　貴様らを生かしておくと思っているのか！　四肢を斬り裂き、モンスターどもの餌《えさ》にしてくれる!!」

「何を言うか！　我らは許されたんだぞ！　先ほどお前も聞いていたではないか！　鶏竜蛇《コカトリス》様は真実を話した我らを救済してくれると！」

そう言って醜《みにく》い笑みを浮かべる首長。息子とベラも同意見なのか、首長の元へと逃げ帰り、ニヤついている。

彼らは性根《しょうね》が腐っている。もはや人間と呼べる代物ではない。自分達がしてきた非道な行いを正当化し、鶏竜蛇《コカトリス》が本当に許してくれたと思っている。もしかしたら脳みそが綿あめでできているのかもしれない。

鶏竜蛇《コカトリス》の口から彼らに向けて、思いもよらない言葉が告げられた。

『許す？　何を言っておるのだ。我は救済してやると言ったのだ、間違えるでない。貴様らを救済する道はもはや一つしかなかろう？　それは『死』だ。死をもってこれまでの罪を洗い流すがよい』

「な!!　お、お待ちくださいい鶏竜蛇《コカトリス》様！」

『黙れ!!』

首長が必死に懇願しようとした瞬間、鶏竜蛇《コカトリス》は雄叫《おたけ》びを上げた。

『威圧』スキルを発動させたのか、首長だけではなく、俺を含めた周囲の人間がすべて動きを止められた。三人は鶏竜蛇《コカトリス》から漏れ出ている殺意に当てられ、失禁《しっきん》している。

『我の半身達を破壊したのみならず、貴様らの欲を叶えるためだけに未来ある子の命を奪っておきながら、貴様ら屑が生きていられると思ったか？　虫唾《むしず》が走る。……だがそれもよかろう、貴様らが望む「生」を我が与えてやる』

そう言うと三人の瞳を順番に睨みつけていく。最後に首長が睨まれた瞬間、三人の手足が一斉に石になり始めた。石のように固くなっていくのではなく、実際に石になっているのだ。

彼らは悲鳴を上げ、なんとか逃れようと必死に藻掻《もが》く。しかしそのせいで指先はボロボロと崩れ、足は太ももあたりからひび割れてしまった。

そして三人の両手足が石となって崩れ落ちた途端、体の石化は止まった。

『これが貴様らの望んだ「鶏竜蛇《コカトリス》の呪い」だ。貴様らはこの先、寿命で事切れるまで一生そのままで生き続けるのだ。さぞ嬉しかろう。自らが望んだ「生」を掴み取ったのだ。存分に喜ぶがいい』

「あぁっぁぁぁ、俺の手があぁぁ!!」

「くそぉくそぉ!! 誰か! 誰か!」

「ワシは悪くない、悪くない。これは夢じゃ。悪い夢なんじゃ」

三人の罪人が悲痛の叫びを上げる中、鶏竜蛇《コカトリス》は追い打ちをかけるかのように彼らに告げた。

『貴様らの魂など我もいらぬからな。この地を永遠に彷徨《さまよ》うがよい。そうなると貴様らには来世など未来永劫《えいごう》訪れぬであろうが、それもまた嬉しいはずだ』

鶏竜蛇《コカトリス》は三人に告げ終わると、興味を失ったのか視線を外し、今度は俺の方へ顔を近づけてきた。

『次は小僧の願いを叶える番だ。友人が呪いにかかっておるのだろう? その呪いを解いてやる。さぁ案内するがいい』

そう言って身を屈める鶏竜蛇《コカトリス》。

集落の問題が大きすぎてすっかり忘れていたが、俺は鶏竜蛇《コカトリス》に呪いを解いてもらうためにこの地へやってきたのだ。

鶏竜蛇《コカトリス》が悪い奴だったならこんな展開にはならなかったのに、まさか人間思いのいいモンスターだとは思わなかった。理由は何にせよ、贄を喰らってきたことは容認できないが、こいつがこの地を守ってきたことは確かめなくても分かる。自分のために死んでいった人達にあそこまで敬意が払えるわけだからな。

「呪いを解くには直接会わないといけないのか？」

『そうだ。我が自分の意思で呪いをかけたのなら会う必要はないが、今回は違うからな。直接会って瞳を合わせる必要がある』

「そうなのか。えっと、騎竜に乗ってきたから、できれば俺はそいつに乗って帰りたいんだが」

『ならん。我は巫女達の魂にこの地を守ると誓ったゆえ、長い間この地を離れるわけにはいかん。一緒に行きたいのであればそいつを我の速度についてこさせればよい』

そう言うと鶏竜蛇《コカトリス》は俺の服を咥え、グルンと上に放り投げた。俺は慌てて体勢を立て直し、鶏竜蛇《コカトリス》の背中へと着地する。

ここで鶏竜蛇《コカトリス》に難癖をつけてユウナの呪いを解いてもらえなくなるもの嫌だし、仕方なくグンデルさんにお願いして、レックスを連れてきてもらうことにした。

レックスを連れてきてくれたグンデルさんは、スッキリした表情を見せながらも、どこか悲しげな顔をしていた。娘さんの仇は鶏竜蛇《コカトリス》が取ってくれた。だが首長達がどんな目に遭おうとグンデルさんの最愛の娘は帰ってこない。作戦に協力してくれた警備隊の面々も同じような顔をしている
俺はグンデルさんからレックスの手綱を受け取った。鶏竜蛇《コカトリス》が『そ奴は一人で走らせろ。小僧が乗ると速度が落ちる』と言うので、レックスには仕方なく一人で走ってもらうことになった。レッ

クスはどこか怒っているような鳴き声を上げた。それに反応して鶏竜蛇《コカトリス》はクックと笑い声を上げ、『我が貴様に負けたら頭でもなんでも下げてやろう。だがそんなことは絶対に起きないがな』と話していた。

俺はレックスと鶏竜蛇《コカトリス》が何か会話をしている間に、グンデルさんに声をかけた。

「グンデルさんがいなければ俺の友人の命は助かりませんでした。本当にありがとうございます！」

「礼を言わなければいけないのは俺の方だ。君のおかげで娘の魂は救われた。本当にありがとう」

そう言って無理やり笑顔を作るグンデルさん。

俺がこの集落を出たあと、彼が取るかもしれない最悪の行動は想像できる。思い残すことがなくなった彼は、娘が待つ場所へと旅立とうとするのだ。それが彼にとって一番簡単に楽になれる方法だから。

だがそれでは、今後集落をまとめられる人間がいなくなってしまう。他の集落の人達に事実を告げなければならない。だからこそ彼には行き続けてもらわなくてはならない。

「また来ます。職業と魔法について沢山《たくさん》教えることがあるので」

「ああ。……待ってるよ」

「待っていてください。エミリーさんのこと聞かせてもらえるの、楽しみにしてますから！」

「ッ……。ああ、そうだな！」

グンデルさんは涙を堪えながら、深く頷いた。

鶏竜蛇《コカトリス》が『別れの挨拶はよいか？』と尋ねてきたので、俺は頷きで返す。それを合図に鶏竜蛇《コカトリス》とレックスは競い合うかのように集落の門に向かって走り始めた。後ろで手を振るグンデルさんの姿がどんどんと小さくなっていく。

彼にはこれから色々と面倒くさい仕事が待っている。村人への説明やら職業や魔法についてやら。次にこの集落に訪れた時にはその苦労話を聞くことにしよう。

俺は前に向き直り、鶏竜蛇《コカトリス》に王都の方向を指示する。

もう少ししたらユウナの呪いを解くことができる。ユウナの笑顔を見ることができる。

期待に胸を膨らませながら王都への道を駆けていく俺は、大事なことを忘れていることに気付いていなかった。

■

「まずいなぁ……どうしたもんか」

俺と鶏竜蛇《コカトリス》とレックスは、王都付近の森の中で身を隠しながら食事を取っていた。もう既に目と鼻の先には王都の検問所がある。そこを通ってレックスをローザ馬具店に返却し、鶏竜蛇《コカトリス》と共に王城に入り、そしてユウナのいる部屋まで行き、彼女と鶏竜蛇《コカトリス》が瞳を合わせれば無事にユウナの呪いは解けるのだろうが……俺は重大なことを忘れていたのだ。

「鶏竜蛇《コカトリス》連れてどうやって王都に入ればいいんだよ」

そもそも鶏竜蛇《コカトリス》はモンスターである。生きたモンスターと共に王都に足を踏み入れていいものだろうか。

鶏竜蛇《コカトリス》の身長は三メートルを超えているし、正直隠し通すことはできないだろう。テイマーみたいな職業があれば「テイムしたモンスターです」と押し通せるが、俺が知る限りモンスターをテイムできる職業は存在していない。それにテイムしたとして、王城内に入れるだろうか。

俺が悩み抜いている間、鶏竜蛇《コカトリス》とレックスは楽しそうに俺の作ったご飯を食べていた。

『友よ、そなたとの別れがこんなにも悲しいものになるとはな』

「グルゥウゥ」

『ハハハ！　そうかそうか！　そなたもそう思ってくれるか！　そなたと荒野を駆け抜けたこの日々は、我に久しく忘れていた何かを思い出させてくれた。ありがとう』

「グルォォォォォ！」

集落を出る時はあんなに仲が悪そうだったのに、王都までの道のりの中で二人には何かがあったのだろう。時折会話しているとは思っていたが、まさか「友」にランクアップしているとは考えなかった。

俺は二人から空《から》になった食器を受け取り、水魔法で洗浄してから収納の中へとしまう。すると鶏竜蛇《コカトリス》が俺に向かって声をかけてきた。同じ場所で長いこと待たされるのに痺れを切らしたのだろう。『早く友人の元へ行くぞ』、と言って俺の服を引っ張る。

「そうは言っても、どうやって王都に入ればいいのか分からないんだ。いきなりお前を連れていったら間違いなく大騒ぎになる」

『なぜだ？　モンスターなどそこら中にいるではないか』

「人間が住む街にはいないよ。お前みたいに人間に益をもたらすモンスターなんて滅茶苦茶《めちゃくちゃ》珍しいんだ」

『そういうものなのか。ならば我を騎竜として連れていけばよい。珍しい品種の騎竜としてな』

「うーん。一か八かやってみるか。難しそうなら別の方法を考えるよ」

俺は鶏竜蛇《コカトリス》の提案を受け入れることにした。まずはレックス用で余っていた乗馬具を鶏竜蛇《コカトリス》に装着して、なんとか騎竜っぽい雰囲気を持たせる。

それから俺と二匹は検問所への道を歩き始めた。俺が鶏竜蛇《コカトリス》の上に乗ることで、さらに騎竜らしさを演出させる。これならなんとか行けるんじゃないか？

そう思いながら検問所に到着した。勿論、衛兵達からは槍を向けられた。

「お、お前！　モンスターなど連れて何をしに来た！」

「いやいや違うんですよ、衛兵さん。こいつは珍しい品種の騎竜でね？　ホラ、翼も竜の翼をしているでしょ？」

「な、騎竜だと！　……本当に騎竜なのか？　こいつ、顔が鶏だぞ？」

びくびくしながら槍で鶏竜蛇《コカトリス》の顔付近を指し示す。俺は仕方なく衛兵に言われる前にステータスカードを提出した。

既に男爵となった俺の名前にはカールストンの文字が入っている。それを見た衛兵は態度を変えたが、検問所を通すことには難色を示した。

「いくら貴族様であっても、都民になんらかの被害をもたらす可能性がある以上、許可はできません。この鶏が騎竜である証明が取れるまではお待ちいただくことになります」

「あーそうですよね。どうするかぁ」

衛兵が言ったことは至極当然のことだ。どう考えても鶏だもんな。騎竜にはなれないし。俺が仕方なく諦めて検問所をあとにしようとした時、待ったをかける声が聞こえてきた。

「それなら僕達がギルドまで護衛するよ。それで構わないかい？」

そう言って後ろから声をかけてきたのは『蒼龍の翼』のミリオさんだった。よく見るとミリオさん以外のパーティーメンバーも全員後ろにいた。彼の顔を見た衛兵は、さらに態度を改めて背筋を伸ばす。

ミリオさんは収納袋から王金貨を取り出し、それを衛兵に見せる。するとその瞬間、難色を示していた衛兵の態度が急変し、何も言われることなく検問所を通ることができた。

検問所を無事に抜けることができた俺は後ろを振り返り、ミリオさんに向かってお礼を言う。

「ありがとうございます！　ミリオさんのおかげで無事に通れました！」

「いいんだよ。君には助けてもらったお礼をしたかったしね。ところでこのモンスターは一体なんなんだい？」

ミリオさんは流石に騙せなかったみたいだ。だが彼らにも事情を説明することはできない。ユウナの呪いを解くためにミクトラン山脈からはるばる連れてきました、なんてことは言えないのだ。

俺は苦笑いを浮かべてミリオさんに返事をする。

「ちょっと諸事情がありまして……話すことはできないんですけど」

「うーん、できれば話してもらいたいな。流石にこんな強そうなモンスターを連れているのを見過ごすことはできないよ。いくら命の恩人の君の願いでもね」

「……この子……すごい強い」

ユミルさんは鶏竜蛇《コカトリス》の翼を優しく撫でながらそう呟く。もしかしてモンスターのオーラも見ることができるのだろうか。鶏竜蛇《コカトリス》は美人なユミルさんに撫でられて嬉しいのか、ニヤニヤしている。

この状況は、もしかしたら好都合かもしれない。俺一人なら陛下に謁見できないかもしれないが、『蒼龍の翼』が王城に現れたら取り合ってくれるだろう。

「ミリオさん。もしよかったらこのあと一緒に行動してもらうことってできますか？　できれば王城に一緒に行って欲しいんですが」

「王城に？　もしかしてこのモンスターを陛下に献上するのかな？」

「まぁそんなところです」

「それなら問題ないよ。ユミルも君と一緒にいたいって言ってたからね」

ミリオさん達は俺と行動を共にしてくれることになった。

俺は一旦ローザさんの元へレックスを返却しに行き、それから全員で王城を目指した。やはり『蒼龍の翼』の名前は王都内で知らぬ者がいないようで、彼らと共に行動していると鶏竜蛇《コカトリス》を連れていることに疑問を抱かれずに済んだ。鶏竜蛇《コカトリス》が王城への道を歩いていることがさも当然のようになっていた。

「……意外とフカフカ……気持いいね」

ユミルさんは鶏竜蛇《コカトリス》の上にうつ伏せで寝転んでいた。足をパタパタさせて今にも寝てしまいそうに、その瞳をトロンとさせている。キリカさんも尻尾の蛇に向かって煙を吹きかけて遊んでいた。オルヴァさんは鶏竜蛇《コカトリス》には目もくれず、自分の筋肉と対話している。


王城に辿り着いた俺達一行。最初の難所は王城の入り口にいる衛兵に事情を説明しなきゃいけないことだが、どうやらその心配は杞憂《きゆう》に終わりそうだ。なぜならそこにいたのはユウナの部屋の門番兼従者のシャルロッテさんだったからだ。

「シャルロッテさん！」

俺はシャルロッテさんの名前を大声で呼んだ。俺の存在に気付いたシャルロッテさんは大口を開けて驚いた直後、怒りと悲しみが混ざった瞳で俺のことを睨みつけてきた。そしてツカツカと歩み寄ってくると、俺の胸倉を掴みながら震える声で呟いた。

「……貴様のせいで……ユウナ様が」

シャルロッテさんの口から零れた言葉に俺は慌てふためいた。彼女の身に何か起こってしまったのか。まさか俺のせいで再び失意の底に落ちてしまったというのか。俺はシャルロッテさんの両肩を掴み、何が起きたのか問いただした。

「ユウナ様に何があったんですか！　俺のせいって一体どういうことですか！」

シャルロッテさんは俺の質問を無視するかのように、自分の両肩を掴んできた俺の手を払いのけた。そして涙で濡れたその瞳で俺を睨みつけ、苦悶の表情を浮かべながら静かに語ってくれた。しかし彼女の口から語られた内容は、俺の予想とは全く違うものだった。

「私が貴様を追い払ったせいで……ユウナ様は私を側仕えから解雇したのだ。五年もの間、常にお傍にいたというのに。……貴様のせいだ！　なぜ私がここへ来るなと言ったくらいで本当に来るのをやめてしまったのだ！　そこは漢《おとこ》を見せるところだろう！」

シャルロッテさんが泣きながら俺に訴えかけてくる。彼女にとってはユウナの傍にいることが幸せだったのだろう。それをぽっと出の男爵風情がかすめ取ったと思っているのか。だがこれはどう考えても自分のせいではないだろうか？　シャルロッテさんが来るなと言ったから俺は気まずさを感じたのだし、彼女が受けた罰は至極当然の報いではなかろうか。正直言って、八つ当たりもいいところだ。

俺はユウナの身に何かが起きたわけではないと知って安堵した。それにシャルロッテさんが置かれている今の状況も、俺にとっては最高の出来事である。

俺は両手で零れ落ちる涙を拭っているシャルロッテさんに近づき、ミリオさん達に聞こえないように提案をした。呪いの件がある以上、ミリオさん達に聞こえてはいけないからな。

「……シャルロッテさん、私をユウナ様の所へ連れていってくれませんか？　ここにいる騎竜と共に」

「ふざけるな！　そんなことができるはずないだろう！　それに、こいつはどう見ても騎竜じゃなくて、モンスターだ！」

「そんなこと言わないでください。シャルロッテさんが俺を見つけてユウナ様の元へ行くようにお願いしたってなれば、またユウナ様の傍に戻れるでしょ？」

「ハッ!!　……確かにそうかもしれん。ユウナ様のために私自らが貴様の元へ出向き、地面に額をこすりつけて願ったと知れば、ユウナ様も機嫌を直してくれるはずだ!!」

「まぁ事実ではないんですけど……それで、連れていってもらえますか？」

「貴様は連れていけるが、そいつは無理だ！　モンスターをユウナ様の所へお連れすることはできん！」

俺をユウナの所へ連れていくことは了承してくれたが、鶏竜蛇《コカトリス》は頑《かたく》なに拒否されてしまった。俺は仕方なくシャルロッテさんに鶏竜蛇《コカトリス》のことを伝えた。彼女が呪いの件をどこまで知っているかは分からないが、ユウナの体を元に戻せる存在だと知れば会わせてもらえるはずだ。

「こいつは鶏竜蛇《コカトリス》なんですよ。ユウナ様の呪いを解くことができる唯一の存在です。こいつを連れてきたとなればシャルロッテさんは間違いなくユウナ様の隣に戻れますよ」

「なんだと!? ……私がユウナ様の呪いを解除したら、きっとユウナ様も『ありがとうシャル！ 流石シャルね！ 大好きよ!!』なんて……フフフ、いいだろう！ 今回は貴様を信用してやる！ さぁ早く行くぞ!!」

シャルロッテさんは下品な笑みを浮かべながら深く頷き、俺と鶏竜蛇《コカトリス》をユウナの部屋へ連れていくことを承諾してくれた。俺は彼女がブツブツと呟いていた内容にとやかく言うつもりはない。ここで彼女の地雷を踏んだりしてまた面倒なことになったりするのも嫌だしな。

ミリオさん達は鶏竜蛇《コカトリス》が暴れないか心配していたが、俺がいるから大丈夫だろうと言って王城の入り口で別れた。ユミルさんは鶏竜蛇《コカトリス》の背中を名残惜しそうに眺めていたが、キルカさんに手を引っ張られて、渋々街の方へ歩いていった。

俺は、鼻歌を歌いながらどんどん歩くシャルロッテさんの後ろをびくびくしながら歩く。鶏竜蛇《コカトリス》は我関せずといった様子で堂々と王城の中を歩いていた。すれ違う衛兵や王城内で仕事をしている士官達皆がシャルロッテさんに向かって頭を下げる。そして再び頭を上げた瞬間、鶏竜蛇《コカトリス》の存在を目にして驚愕し、慌てふためくのだ。ただ、それだけで何かを言われることはなかった。それほどまでにシャルロッテさんの信頼は厚いのか。

「もしかしてですけど、シャルロッテさんって偉い方なんでしょうか？」

「当たり前だ！　私の名はシャルロッテ・リーリアン！　リーリアン伯爵家の長女であり、近衛騎士団三番隊隊長でユウナ様の側仕えだぞ？　偉くないわけがなかろう！」

伯爵家の長女で近衛騎士団の三番隊隊長、それほどの役職であれば皆頭を下げるか。それにしても先ほどみたいに卑猥《ひわい》な笑みを浮かべる女性が騎士団の隊長とは、少し心配になってくる。もしかして部隊の大半が女性なんてことはないよな？　彼女は女性をそういう目で見ているような感じがしたぞ。

そうこうしているとユウナの部屋の前に辿り着いた。扉の前にはシャルロッテさんと同じ格好をした女性が立っている。キリっとした目つきで金髪のウェーブがかかった髪がなんとも美しい。シャルロッテさんはズカズカとその女性に向かって歩いていき、笑みを浮かべて声をかけた。

「ご苦労だな、ダリア！　ユウナ様がお会いしたがっていた男を連れてきた！　そこをどいてもらおう！」

「ご苦労様です、シャルロッテ様。申し訳ございませんが、ユウナ様は誰とも会いたくないと言っておられます。それにシャルロッテ様の部屋への進入も許可されていませんので。お引き取り願います」

「まぁ待て。聞くだけ聞いてみてくれないか？　きっとユウナ様はお喜びになる。……不本意なががらな」

「そうですか。それでは確認させていただきます。そちらの方、お名前をどうぞ」

そう言って新しい側仕えの騎士が俺に名前を尋ねてきた。無機質なその表情からは何を考えているのか全く読み取ることができない。鶏竜蛇《コカトリス》を前にして驚きもしないとは、よほど肝が据わっている。俺はステータスカードを取り出して見せながら自己紹介をした。

「アレク・カールストンと申します。ユウナ様とは冒険話をする仲でございまして、このたびもそのお話をしに参りました」

「貴方がアレク様ですか。ユウナ様からお話は伺っていましたが、随分と小柄ですね。オークロードをも倒した英雄と聞いていましたので、大男を想像していました。用件は分かりました、少々お待ちください」

そう言うとダリアさんはお辞儀をしてユウナの部屋へ入っていった。暫くすると興奮したユウナの声が聞こえてきて、ダリアさんが再び部屋の外へ出てきた。そして俺の顔をじっくりと見たあと、その無機質な表情でこう告げた。

「アレク様とそこにいる巨大な鶏の入室を許可するそうです。シャルロッテ様はすぐに門の警備に戻れとのことですので、早急にお引き取りください」

「な!! なぜだ! 私がここまで連れてきたのだぞ! お許しをいただいてもいいではないか!!」

「ユウナ様からの伝言です。『もう少し頭を冷やしなさい』だそうです。それではアレク様、鶏とどうぞ中へお入りください」

俺と鶏、じゃなかった鶏竜蛇《コカトリス》は、ダリアさんに許可されたので部屋の中へ入った。外からはギャーギャー喚いているシャルロッテさんの声が聞こえてきたが、気にしない。彼女はもう少し頭を冷やせば側仕えに戻れるだろうから。

ベッドの上に、この間までと変わらない様子のユウナが座っていた。しかしその頬はピンク色に染まっていて、どこか気恥ずかしそうな雰囲気が漂っている。

俺は鶏竜蛇《コカトリス》を連れて歩いていき、ユウナが座るベッドの隅に腰かけた。ベッドの軋む音から俺が来たことを悟ったユウナは、こちらに顔を向けてニコリと微笑む。

「久しぶりだな、ユウナ。元気そうでよかったよ」

「久しぶりですね、アレク。その……シャルロッテが失礼なことをしました。本当にごめんなさい」

笑みを浮かべていたユウナはその顔を曇らせた。シャルロッテさんのせいで、今日まで俺が会いに来なかったと思っているのだろう。彼女なりに気にしているのが分かる。

「いいんだよ、そんなこと。寧ろシャルロッテさんのおかげでスムーズにここまで来られたからな。お礼を言いたいくらいだよ」

「ならいいけど。それで、今日はどんな話をしてくれるの？」

俺がそう告げると、ユウナは不安そうな顔から一転して満面の笑みを浮かべながら尋ねてきた。

きっと今日までの間に冒険をしてきて、その話をしに来たと思っているのだろう。

だが違うんだよ、ユウナ。今日は君を縛り付ける鎖《くさり》を壊しに来たんだ。この鶏と共にね。

「今日はこれまでの話の中で、とびきり幸せな話になると思う。だからその前に、この話をハッピーエンドで終わらせるおまじないをかけよう。そのままじっとしてるんだぞ？」

俺の言葉を聞いたユウナは嬉しそうな顔を浮かべて、こちらを向いたままじっと固まる。

鶏竜蛇《コカトリス》は俺の隣へ顔を動かし、その身を屈めてユウナと瞳を合わせた。その瞬間、ユウナの体が光に覆われる。

そして光が収まった時、輝きを失っていたユウナの瞳には眩《まぶ》しいほどの紅色《べにいろ》の光が灯っていた。

ユウナの瞳に光が灯ったことで、鶏竜蛇《コカトリス》の呪いは無事に解けたことが分かった。一応、『鑑定』でも確認したが、ユウナのステータスからは『鶏竜蛇《コカトリス》の呪い』の文字が消えていた。俺は彼女の呪いが解けたことに喜んだが、ここで想定外の出来事が起きた。

呪いが解けて視力が元に戻ったせいで、鶏竜蛇《コカトリス》の顔面をモロに見てしまったのだ。その結果、彼女は声にならない叫び声を上げて気を失ってしまった。

「失敗したな。変にカッコつけずに、説明してから解呪すべきだった」

『まぁよいではないか。これで呪いは解けたのだからな。我は役目を終えた、ミクトラン山脈に戻るとする』

鶏竜蛇《コカトリス》はそう言うと、気を失っているユウナを置いて部屋から出ていこうとした。俺は慌てて鶏竜蛇《コカトリス》の尻尾を掴み、部屋から出ようとするのを必死に押さえつけた。急に尻尾を掴まれた鶏竜蛇《コカトリス》は驚いて、大きく飛び跳ねる。

『何をする小僧！　その手を離さんか！』

「待てって！　今出ていかれたら王城が大騒ぎになるだろうが！　ユウナが目覚めて体が動くことを確認したら俺も一緒に外に出るから！　シャルロッテさんと一緒に移動しないとお前はモンスター扱いされるぞ！」

『我は気にせんぞ？　刃を向けてきた者は相応の報いを受けるだけだ』

「俺が困るんだって！　頼むから大人しくしてくれ！」

俺がなんとか鶏竜蛇《コカトリス》を押さえつけていると、ベッドで気絶していたユウナの声が聞こえてきた。どうやら目が覚めたようだ。

「……ん。ここは、部屋？　確か私は、鶏に食べられたんじゃ」

「ユウナ、目を瞑るんだ！　事情を説明するまで絶対に開けるんじゃないぞ！」

「アレク!?　わ、分かりました！　目を瞑っております！」

ユウナは瞼《まぶた》をギュッと力強く閉じて、俺に言われた通り目を瞑った。俺は鶏竜蛇《コカトリス》にユウナと距離を取りつつも部屋から出ないように説得してから、ユウナに事情を説明し始めた。

「いいか、ユウナ。さっきユウナが見た鶏は、鶏竜蛇《コカトリス》というモンスターなんだ。顔が鶏で翼が竜、尻尾は蛇っていう不思議な容姿をしているんだけど、ミクトラン山脈から遥々《はるばる》、ユウナの呪いを解きに連れてきたんだ」

「え？　……私の呪いを、解きに？」

「ああ。その証拠に、でかい鶏の顔が見えたろ？」

「……ッ！　はい、見えました。そう、私、目が見えなかったはずなのに……鶏が見えました!!　足も動きます!!」

ユウナは自身にかかった呪いが解けたことを理解し始めたのか、大はしゃぎで足をバタバタさせた。律儀に瞼を閉じているのが可愛らしい。俺はユウナに落ち着くように諭したあと、彼女の隣へ移動して優しく声をかけた。

「それじゃあユウナ、右側を向いてゆっくり目を開けるんだ。大丈夫、鶏じゃなくて俺が見えるはずだから」

「分かりました。そ、その……顔に手を当ててもいいですか？　もしまた間違えて鶏を見てしまったらと思うと、怖くて」

「なんだそれ！　ほら、ここが顔だよ」

少し不安そうに笑みを作るユウナの願いを、笑いながら叶えた。彼女の細く白い手を取り、自らの頬にそっとあてがう。自分の手のひらに触れた肌の感触が伝わったのか、ユウナは幸せそうに笑いながら、瞼をゆっくりと開いていった。その大きな瞳は以前のように曇るどころか、深紅に染まった薔薇《ばら》のような美しい紅色で輝いていた。

目を開けたユウナは暫くの間俺の顔をペタペタと触っていた。そして俺の白い髪に触れ、指先で優しく撫で始める。俺は彼女が満足するまでジッと固まっていた。ひとしきり俺の髪を撫で終えたユウナが手を離す。そして俺の右手にそっと自らの手を置いた。

彼女の目からゆっくりと雫《しずく》が零れ始める。その雫は彼女の頬を流れ、ポタポタとベッドの上に落ちていく。

「もし願いが叶うなら、貴方の顔を見たいって、そう思ってた」

ユウナは震える声で俺に話しかける。

「もし叶うなら、この両足で、もう一度歩きたいって、貴方と一緒に冒険に出たいって。叶わない願いだと思ってた」

ユウナの右手が俺の左手を強く握りしめる。

彼女が瞼の裏で、その脳裏で描いていた数々の願いは、一体どんな願いだったのだろうか。俺と一緒に冒険に出たいという願いも、その願いのほんの一部にしか過ぎないだろう。ただ、目の前で涙を零す彼女の願いを叶えてあげられたことを、心から誇りに思いたい。前世で解体作業しかできなかった俺が、一人の女の子の命を繋いだのだから。

「これからなんだってできるさ。陛下が許してくれれば冒険にだって出かけられる。空だって飛べるさ。ユウナ、君はもう自由だ」

彼女の右手に両手を添え、優しく包み込む。ユウナもそれに応じるかのように俺の手の上に左手を置いた。

「ありが、とう。ありがとう、アレク」

ユウナは涙を流しながら俺の胸に顔を擦り付けてきた。彼女の両手が俺の胸に当たる。我慢していた思いが溢れ出てきたのだろう。俺はそんなユウナを優しく抱きしめる。

あの夜と同じように、彼女は俺の腕の中で涙を流した。

喜びの涙を。

『さて、もう十分か？　我は役目を果たした。ミクトラン山脈に戻るとするぞ』

鶏竜蛇《コカトリス》の声で我に返った俺達は勢いよく離れる。ユウナの涙は既に止まっており、彼女は頬を薄いピンク色に染めていた。俺も恥ずかしさから頭を掻く。そんな俺達を尻目にため息を零す鶏竜蛇《コカトリス》。

『我のことを忘れて数分間も抱き合うとはな。素晴らしき愛ではないか。しかとこの目に焼き付けてやったぞ。感謝するがいい』

「なんで俺達が感謝しなきゃいけないんだよ！　お前こそ俺に感謝しろよな？『鶏竜蛇《コカトリス》の呪い』を絶やしたのは俺なんだからさ」

『分かっている。小僧の名はアレクというのだな？　その名を我が魂に刻み、ミクトラン山脈の守護者として末代まで崇めさせようではないか！』

「ふざけんな！　そんなことしなくていい！」

俺と鶏竜蛇《コカトリス》のやり取りを見ていたユウナがクスっと笑う。もう恐怖心はないようで鶏竜蛇《コカトリス》の姿をしっかりと見ていた。すると鶏竜蛇《コカトリス》がユウナの方へ近づいて頭を下げたのだ。

『ユウナとやら、我の呪いのせいで其方《そなた》を長きにわたって苦しめたこと、心より謝罪しよう。我に願いがあればなんでも言うがよい』

鶏竜蛇《コカトリス》なりに罪悪感を覚えたのだろう。

鶏竜蛇《コカトリス》は贄をやめると言っていたから、正直罪はないと思う。しかし呪いのせいで、ユウナが苦しめられたのも事実だ。自分の呪いのせいで苦しんだ張本人を目の前にして謝罪をするのは、当たり前のことなのかもしれない。まぁ人間の中でもできない奴はいるが。

「本当ですか!! では……一つだけお願いがあります！」

クスクスと笑っていたユウナがとびきりの笑顔を作って返事をする。

この時の俺は、彼女が何を考えているか全く予想できなかった。王女として集落の人間をこれからも守るようにお願いするとか、今までの罪を償《つぐな》えとか、そんなことを言うのかもしれない。

鶏竜蛇《コカトリス》はそれもきっと甘んじて受けるだろう。

『申せ』

「はい！ それはですね――」

彼女の口から出た言葉に、俺は思わず「はぁ？」と言ってしまった。だがユウナの表情は真剣そのものだ。鶏竜蛇《コカトリス》は呆れたように笑いながらもユウナに向かって返事をした。

『よかろう』と。

■

ユウナが鶏竜蛇《コカトリス》に、とあるお願いをしていた頃、その部屋の扉の前では女性二人による口論が行われていた。シャルロッテは部屋の中に入ろうとし、ダリアは王女との約束を守ることを優先して部屋の中には入れさせなかった。

「お前も聞こえていただろう！　ユウナ様の泣き声が聞こえたのだぞ‼　早く部屋の中に入らねば！」

「ユウナ様から、何があっても部屋の中には入ってくるなと言われておりますので。それにシャルロッテ様はもう一度過《あやま》ちを繰り返すおつもりですか？　そうやってアレク様を追い出して、ユウナ様に嫌われたことをもう忘れているようですね」

「ぐぬぬぬ！」

シャルロッテはダリアに返す言葉もなかった。興奮のあまり、自分が犯した過ちを忘れていたのだ。その事実を見抜かれてしまってはしょうがない。シャルロッテは仕方なく扉の前でアレク達が出てくるのを待っていた。

それから暫くして扉がガチャリと音を立てて開く。シャルロッテは笑みを浮かべて扉から出てくる人物の顔を見たが、その顔は望んでいた者の顔ではなく、アレクの顔であった。シャルロッテは落胆して肩をガックリと落とす。

「あ、あのですね、シャルロッテさんにダリアさん。道を開けていただいてもよろしいでしょうか？　できれば端に寄ってもらうと助かります」

扉からひょっこりと顔を出したアレクがそう言う。二人は不思議に思ったが、別に断る理由も見当たらないので素直に壁際に移動した。それを確認したアレクは再び部屋の中へ顔を引っ込めた。中からはぼそぼそという会話が聞こえてくるだけだ。そして次の瞬間——

「行きまーす!!」

ユウナの掛け声とともに、アレクが連れてきたモンスターが部屋の中から勢いよく飛び出してきた。

シャルロッテとダリアは瞬時に剣を構えたが、モンスターの背中に乗っている人物を見て動きを止める。なぜなら自分達の主であるユウナが、満面の笑みで前方を指差しながら、モンスターと共に駆け抜けていったからだ。

一瞬の出来事であったが、シャルロッテはユウナの姿を見逃さなかった。その瞳が以前のように紅《くれない》の輝きを取り戻していたことを。

あの男はやってのけたのだ。治療不可能と言われ続けたユウナ様の呪いを解呪して見せたのだ。

シャルロッテの頬を一筋の雫が流れる。

「よかった、本当に、よかった」

シャルロッテは剣を収め、王城を駆け抜けていく二人と一匹を笑顔で見送った。

■

――鶏竜蛇《コカトリス》の背中に乗った俺とユウナは、陛下がいると思われる部屋を目指して城の中を駆けていた。ユウナがあの部屋で鶏竜蛇《コカトリス》に頼んだ願いとは、『貴方の背に乗せてもらいたい』という、なんとも可愛らしいものであった。鶏竜蛇《コカトリス》は願いを耳にした時、呆れたように笑っていたが、ユウナの願いは変わらなかった。

「速い！　凄いですわ鶏さん！」

『鶏ではないと言っておろうが！　まったく、本当にこんな願いでよかったのか？』

「はい！　これでお父様の所に行って驚かせてあげるのです！」

「本当に行くのか？　陛下、ビックリして死んじゃうかもしれないぞ？」

「大丈夫ですよ！　それに早く元気になった姿を見てもらいたいんです！」

鶏竜蛇《コカトリス》の背中に乗りながらニコニコと笑うユウナ。俺は不安を少し胸に抱きながらも、鶏竜蛇《コカトリス》を安全に移動させるには好都合だと思い、黙ってユウナと一緒に背中に乗っていた。

鶏竜蛇《コカトリス》の背中に乗って移動すること数分。ユウナがとある部屋の扉を指差し、そこで止まるように言った。

「ここはいつもお父様が昼食を取る時に使う部屋なんです！　私が元気だった頃は皆で食べていたんですが……」

「じゃあ、今日から皆で食事を取れるじゃないか！　よかったな！」

「確かに！　これでお父様とお母様の仲もきっと元通りに戻るはず！」

ユウナはお母様と言ったが、俺は彼女の母親、つまり王妃を見たことがなかった。謁見の間にも現れたことはなかったし、王城内でも見かけたことはなかった。いずれ会ってみたいものだ。ユウナに似て綺麗な銀髪なのだろう。

ユウナは扉に手を当てると、もう片方の手を自分の胸に置いて深く深呼吸した。先ほどまで大はしゃぎしていたのに、今さら何を緊張しているのだろうか。覚悟を決めたユウナが扉を二度ノックする。すると中から陛下の声が聞こえてきた。

「なんだ」

「お父様。ユウナです。中に入ってもよろしいでしょうか？」

「ユウナだと⁉　どうしたんだ！　早く入ってきなさい！」

陛下はユウナが部屋を訪れたことを微塵《みじん》も怪しんでいなかった。歩けず、目も見えないはずのユウナがどうやってここまで来たのか、全く考えていないようだ。子供のことになると馬鹿になってしまうのはどの親でもそうなのだろうか。

部屋の中からコツコツと足音が聞こえてくる。やがて向こう側から部屋の扉が開いた。

「どうしたんだ！　ユウ……ナ？」

扉が開く前に向きを変えたユウナのせいで、陛下の目の前には鶏の顔があった。陛下は目の前に突如として現れた鶏の顔に、動きを停止した。すかさずユウナが鶏竜蛇《コカトリス》の背中から顔を出して陛下を驚かせる。

「お父様！　私はここです!!」

再び聞こえてきたユウナの声に体をビクッとさせた陛下は、声のする方へ視線を動かす。そしてユウナと目を合わせた瞬間、陛下は大きく目を見開いたまま固まってしまった。彼女の瞳に灯っている紅の輝きを見たことで気付いたのだろう、愛する娘の呪いが解けたことに。

「ま、まさか。呪いが、解けたのか？」

陛下はユウナに近づくと背伸びをしてユウナの顔に両手を伸ばす。ユウナは身を屈めてその両手に顔を触れさせようとするがギリギリのところで届かない。すると鶏竜蛇《コカトリス》が気を利かせて身を屈める。そうして陛下の両手がユウナの頬に触れた。

「アレクと鶏さんのおかげで、私の呪いは解けました。私はもう自由です」

ユウナの返事を聞いた陛下は、ただ一言「そうか」と言った。

この一言に詰まった思いは、俺には到底想像することができない。一国を背負う王として、陛下は苦渋の選択をせざるを得なかった。だが一人の父親としては、なんとしてでも娘の命を救いたかったに違いない。

そんな陛下の気持ちを、ユウナはしっかりと理解していた。そして二人は涙を流しながら笑みを交わす。俺と鶏竜蛇《コカトリス》は黙って二人の親子を見つめていた。

■

近衛兵がそう言って応接室の扉を開ける。俺は彼の後ろに続いて部屋をあとにし、陛下が待つ謁見の間へ足を進めた。

「アレク様、準備はよろしいでしょうか？」

「はい。いつでも大丈夫です」

「そうですか。それでは参りましょう」

今日はフェルデア王国の王女が、約五年ぶりに公《おおやけ》の場に姿を現すということで、国中から貴族が集まってきている。俺はそんなことを特に気にするわけでもなく、淡々と歩を進めていた。

今はユウナの呪いが解呪されてから二日目の朝である。

陛下とユウナが感動の抱擁《ほうよう》を済ませたあと、俺と鶏竜蛇《コカトリス》は陛下に対し、ミクトラン山脈で起きていた惨状を語った。呪いは既に鶏竜蛇《コカトリス》の意思を離れ、集落の人間が私利私欲のために利用していたこと。その人間は鶏竜蛇《コカトリス》の手により断罪済みであること。そして、これからは外の世界を受け入れるつもりでいること。

この話を陛下は黙って、ユウナは涙を流しながら聞いていた。

そして陛下の意思により、ミクトラン山脈は元々の領地であるリッツ・ドーマン伯爵家の統括地にすると決定された。これはあくまで仮の決定であり、俺には集落と国との繋ぎ役になってもらいたいそうだ。俺はそれを了承し、学園の夏休み期間中にリッツ伯爵と共に集落に向かうことが決定した。

話が終わると、俺と鶏竜蛇《コカトリス》はすぐに王城をあとにした。ユウナは寂しそうな顔をしていたが、鶏竜蛇《コカトリス》はミクトラン山脈に帰らなきゃいけないし、家族水入らずの時間を邪魔しないためにも俺は早々に帰宅したのだ。

そして昨日、学園の寮で爆睡していた俺の部屋に来客が訪れた。それはバッチリと正装したシャルロッテさんだった。予想はしていたが、どうやらユウナの呪いを解呪したことで国から褒賞があるらしい。明日の朝、陛下と謁見してもらう。そう言われて、今、俺は謁見の間へと向かっているのだ。

前を歩いていた近衛兵が謁見の間の扉の前で足を止める。

「さぁ到着しました。作法は知っての通りでございます。今日は多くの貴族の方が訪れておりますので失言等にはお気を付けください、とのことです」

「ありがとうございます」

近衛兵にアドバイスをもらった俺は、謁見の間の扉が開かれるのを待った。そして暫くすると、扉の両脇に立っていた二人の騎士によって目の前の扉が大きく音を立てて開かれた。俺は近衛兵と共に指示されていた場所まで歩き、陛下が現れるのを待った。

「アルバート・ラドフォード陛下がお見えになられます！」

椅子の横に立つ男性が言葉を発したと同時に俺は片膝をつき、顔を下に向ける。コツコツと硬い靴が床を蹴る音が聞こえてきた。すると謁見の間がざわつき始める。そしてその音が鳴りやみ、陛下が声を発する。

「面《おもて》を上げよ！」

言われた通りに顔を上げて陛下と顔を合わせる。その横にはユウナの姿があった。そしてなんと、ユウナの隣にはシャルロッテさんまでいるではないか。意外な人がこの場にいたことに面喰らいつつも平然を保った。ユウナは俺の顔を見つめてニコニコしている。

「これより、アレク・カールストン男爵への爵位授与式を執り行う！」

「……ん？」

予想外の内容に、俺は思わず間抜けな声を上げてしまった。つい先日男爵になったばかりだというのに、また爵位を下賜されるというのか。

だが陛下は俺のことなど気にせず、そう高らかに宣言すると座っていた椅子から立ち上がり、俺の元へ歩いてくる。そして手に持っていた杖を高く上げ、再び声を発した。

「フェルデア王国が国王、アルバート・ラドフォードが命ずる！　アレク・カールストン男爵に子爵位を授ける！　さらに此度の功績を称え、アレク・カールストン子爵に紅竜《こうりゅう》勲章を授与する！　さぁアレクよ！」

「え、あ、我が剣はフェルデア王国のために」

俺は状況が呑み込めないままお決まりの返礼をする。陛下はそれを聞いて満足そうに頷くと座っていた席へ戻っていった。正直、この短期間で位を上げすぎだと思うが、王女を救ったとなればそれも納得できるか。そう思っていたが、案の定、参列していた貴族の中から不満を述べる者達が現れた。

「陛下、失礼ながら発言をお許しいただけますでしょうか」

「ロシオか。なんじゃ、申してみよ」

俺は声の方へ顔を向けた。手を挙げていたのは父ではなく、見たことがない男性だった。その男性は俺を一瞥して憎たらしそうな顔をしたあと、陛下に対して話し始めた。

「僭越《せんえつ》ながら。彼は先日、既に男爵の爵位を下賜されております。この短期間で二度も爵位を賜《たまわ》るのはいかがなものかと。それに紅竜勲章は国の英雄に与えられる誉れ高き勲章であったはずです。それをこんな年端もいかない子供に与えるべきではないかと。勲章の価値が下がってしまいます」

「お主はそう思っておるのか。他の者はどうじゃ？　アレクが子爵になり、紅竜勲章を授与されるのが不満な者はおるかの？」

ロシオの苦言を聞いた陛下は周囲にいた貴族達に対し問いかける。するとちらほらと手が挙がり始め、最後にはこの場にいた三分の一ほどの貴族が手を挙げていた。それを見た陛下は悲しそうに項垂《うなだ》れ、ため息を零した。

「そうか。今手を挙げている者は、我が愛する娘の命にそれほどの価値がないと申しておるのじゃな？　なんと悲しいことか」

陛下はユウナの頭を撫でながらそう呟く。どうやら俺が謁見の間に来る前に、ユウナの呪いに関しては参列者に伝えられていたらしい。ユウナもわざとらしく悲しそうな顔をして陛下に抱き着く。手を挙げていた貴族達は慌てて手を下ろし始め、陛下達から目を逸らした。ロシオは額から冷や汗を流しながら弁明を始める。

「お、お待ちくださいい陛下！　我々はそんなことは微塵も思っておりません！　ただ彼に与える褒賞が過大すぎると感じただけであります！」

「それが我が娘に価値がないと言っていることと同義だと、なぜ分からんのじゃ。褒賞とはアレクが行った功績に対して、同等の対価として与えるモノであるぞ？　アレクは我が娘の体を蝕んでいた呪いを解呪し、ミクトラン山脈に住まう鶏竜蛇《コカトリス》に守護者として認められたのじゃ。その対価として子爵と紅竜勲章を授与したというのに。それでは褒賞の方が大きすぎるというのか？　ロシオ・アーデンバーグよ」

「い、いえ。それは……」

「まだ不満はあるか？」

「いえ……ありません」

ロシオは顔面蒼白になりながら、よろよろと後ろへ下がっていった。

アーデンバーグ、どこかで聞いたことがある家名だ。どこだったかいまいち思い出せない。

陛下とユウナがすぐにニコニコ笑い始める。ベッドの上にいた時のユウナはどこか儚《はかな》げだったが、今目の前にいるユウナは王女としての貫禄が見える。

こうして俺は男爵から子爵に爵位を上げ、紅竜勲章という誉れ高き勲章を手に入れたのだった。

■

アレクが謁見の間で膝をついている頃、セツナは酷く項垂《うなだ》れていた。

順調だったはずのフランの計画が、何者かによって白紙にされてしまったのだ。二百年もの長い年月をかけた重要な計画が、無駄になってしまったのである。

「セツナ様……ごめんなさい」

「フランのせいじゃないよ。君は寧ろよくやってくれたさ」

床に頭を擦り付けながら謝るフランに対し、セツナは精一杯の作り笑いをしながら言葉をかけてやる。

セツナの言葉を耳にしたフランはようやく床から額を離して、安堵の表情を浮かべる。だがそれも束の間、再び申し訳なさそうに視線を床へ落としてしまった。

「でも、このままじゃ王都襲撃は……」

「そうだね。今回の計画は、残念だけど失敗かな」

「うぅぅ……」

「そんなに落ち込まなくていいよ、フラン。僕達にはまだ時間がたっぷりとあるんだから」

計画が失敗したのは、今回が初めてというわけではない。重要な計画があともう少しで達成するところで、失敗に終わることが何度もあった。そうなると、セツナ達の計画が外部に漏れている可能性もあるが、組織の誰かが情報を漏らしていることは絶対にあり得ない。彼と「契約」している以上、それは許されない行為なのだから。

おそらく計画を知っている何者かがいる。その何者かが、この何百年もの間、僕達の邪魔をしているということになる。

「ふふふ……いつか顔を見てみたいものだ」

そう呟きながら目を細めるセツナはまるで少年のような笑みを浮かべ、顔も知らぬ相手に恋心に似たような感情を抱いていた。

■

陛下との謁見の翌日。

今日、俺――アレクは久しぶりに学園に足を運んでいた。今日は一学期の終業式が行われるため、不登校気味の俺も今日ばかりは通園する必要があったのだ。

学園に辿り着き、終業式が行われるメインホールに集合する。式は日本の学校と似たような形式で、クラスごとに列を組まされたのだが、ここで気味が悪いことが発生した。

「ごきげんよう、アレク様！」

「おはようございます！　アレク君！」

なんと列に並んでいた同級生達が、俺の姿を見るなり声をかけてきたのだ。

今までは「姓なし」と呼び、馬鹿にしていたにもかかわらず。きっと授爵したことを知って声をかけてきたのだろう。アリスを除いて、実質Sクラスで一番地位が高くなってしまったからな。いくら伯爵家の長男だろうと、俺はカールストン子爵である。爵位を持たない者より、爵位を持った者の方が地位は高いのだ。

俺は一応挨拶を返したが、それ以上会話を弾ませることはしなかった。正直言って挨拶をしてきた人の名前も知らないし。しかし、周りの生徒達はそんなことなどお構いなしに言葉をかけてきたが、無言を貫く俺を見て何かを察したのか、視線を俺から逸らしてペチャクチャと話し始めた。

「これより、ウォーレン学園、一学期の終業式を執り行う！」

校長先生が登壇し、声を張り上げながら宣誓をする。喋っていた周りの生徒達も口を閉じて前を向いた。

そのまま終業式は滞りなく終了する。

しかし、ネフィリア先生とエミル先生の姿はホールの中には見つけられなかった。もしかしたら、以前言っていた結界を張るための魔道具作りをしているのかもな。この間は体調不良で顔を見ることができなかったし、どこかでタイミングを伺ってあっぽうジュースの差し入れにでも行こう。

こうして一学期の終業式が終わり、俺達はSクラスの教室に向かった。その最中も先ほど声をかけることができなかった連中が、こぞって俺の所へやってきた。教室に着き、俺が座った席の周りには餌に集まる金魚の群れのごとく、生徒達が集まってきている。

「アレク君、オークロード二体も同時に倒したって本当かい？　よかったら私にも魔法の手ほどきをしてくれないか！」

「父から聞きましたわ！　アレク様、子爵になられたんですってね！　おめでとうございます！」

「是非今度お茶会でもしませんか？　いいお店を知っていますの！」

名前も覚えていない生徒達から様々な声がかかってくる。

こいつらはミクトラン山脈の首長と同じ、醜い人間だ。自分の利益になると判断したら、どんな相手にでも媚《こ》び諂《へつら》う。自分達が今まで見下してきた相手に抜かされて悔しいなどという気持ちは、微塵もないのだろう。

そんな気持ちの悪い終業式を終えた翌日、俺は陛下に呼び出されて王城を訪れていた。呼び出された理由は勿論、ミクトラン山脈の件についてである。

応接間に入ると、そこには陛下と賢者ヨルシュ様、そして一人の男性が座っていた。見るからに気が弱そうな男性で、俺の顔を見るなり、「ひぅ」と男らしからぬ声を上げる。

「よく来てくれたな、アレクよ。ほれリッツ、こ奴がアレクじゃ」

「あ、このたびは、ミクトラン山脈の件。あ、ありがとう！」

陛下に促され、男性は椅子から立ち上がり、どもりながら挨拶をしてきた。俺は差し出された手を握り返し、丁寧に挨拶をする。

「いえ、ユウナ様のためを思えば、当然のことをしたまでです。顔を上げてください、ドーマン卿《きょう》」

「そ、そうかい？　そう言ってもらえると助かるよ。ははは、オークロードを倒した少年と聞いていたので、どんな化け物が来るかと思ったら、とても優しそうな子ではありませんか」

「まぁ実力は化け物じゃがの」

賢者ヨルシュ様が笑いながらそう呟く。リッツ伯爵はその言葉を聞いて顔を引きつらせていた。

「アレクの実力は皆が知っておる。今回お主を呼んだのは以前話していた通り、リッツと共にミクトラン山脈へ向かい、顔繋ぎ役となってもらいたいからじゃ。我が国の領地として、今一度統治下とするためにの。子爵として初の仕事となるが、まぁ困ったらリッツに聞くとよい」

「承知いたしました」

俺は陛下に頭を下げた。

不満がないと言ったら嘘になるが、子爵になってしまった以上やることはやらなくてはならない。それにグンデルさんにはもう一度会って話すと約束したからな。

「急な話で申し訳ないが、明後日《あさって》にはリッツと共に王都を出発してもらう。護衛はお主もよく知っておる『蒼龍の翼』に頼んだからの。まぁ気楽にやるがよい」

「必要な荷物や食料は私の方で準備しておくから、君は必要な物を持ってきてくれればいいよ。な、何か不満があれば、すぐに教えてくれれば対処するから！」

リッツ伯爵がそう言って胸を叩く。まだ俺のことを誤解しているようだ。俺は一言了承の返事をして、退出しようとする。すると、陛下がまだ話があると呼び止めた。

「時にアレクよ、お主は自分の屋敷は持っておるのか？」

「屋敷ですか。自分の屋敷と呼べる物は持っていません。今は学園の寮に住んでいますので」

「それはいかん！　子爵たるもの自分の屋敷を持っていなければ他の者に示しがつかんではないか！」

陛下が棒読みでそう返す。まるで俺が屋敷を持っていないと返すことが分かっていたかのように。

そしてヨルシュ様も話に加わってきた。

「そういえば、王城近くにちょうど空いている屋敷があったではないか！　確か横領を働いた貴族から押収した屋敷が！　あそこに住めばよい！」

「おおーヨルシュ！　中々冴《さ》えているではないか！　よし、そうしよう！」

大の大人の棒読みの寸劇が続いた。子供でももう少しまともな演技ができると思えるほど、二人の棒読みは酷かった。俺にその屋敷を与えることはもう決まっているのだろう。だったらそう言ってくれればいいのに。なんだかこっちまで恥ずかしくなってしまう。

「えっと、屋敷をいただけるのはとてもありがたいですが……そんなにお金は持っていません」

「問題ない！　将来ユウナの婿《むこ》になるお主のためじゃ！　タダで明け渡そうではないか！」

「……は？　え、今なんと仰《おっしゃ》いましたか？」

俺は耳を疑い、陛下に聞き返してしまった。俺がユウナの婿になるだと？　意味が分からん。なぜそんなことになっているのだ。

だが俺が動揺している隣で、陛下はニコニコしながら語り始めた。

「鶏竜蛇《コカトリス》が言っておったぞ。二人で長い間抱き合っていたとな。素晴らしき愛をこの目で見たと。まさかお主、ユウナの肌に触れておいて責任を取らぬということはあるまいな？」

陛下は表情を変えずに話し続けている。

しかし、俺の瞳の奥には殺意の炎が灯っていた。鶏竜蛇《コカトリス》を焼き鳥にすることはもう決定したが、ここをどう切り抜けるかが問題だ。子爵になるのは呑んだとしても、一国の王女様と結婚なんて容易に受け入れられるわけがない。それこそ俺自由がなくなってしまう。

「いやぁ、私は全然問題ありません。寧ろ光栄でございます。ですがユウナ様がどう思っているかは、また別の話ではありませんか。それにあの鶏の話を真に受けてはいけません。所詮は鳥頭《とりあたま》、三歩歩けば記憶を失うと言われている。馬鹿な奴ですから」

「ふむ、確かにお主の言うことも理解はできる。ではユウナに直接聞くとしようかの。ユウナがお主との婚姻を承諾したとなれば、何も問題はあるまい」

「そ、そうですね」

逃げ場を失った俺は、額から冷や汗を流す。あとはユウナに期待するしかない。彼女が俺との結婚を拒否してくれることを。

■

それから二日後。

俺とリッツさんと『蒼龍の翼』のメンバー達は、ミクトラン山脈へと向かっていた。今回の旅路は冒険者としてではなく、アレク・カールストン子爵としてリッツ・ドーマン伯爵に同行しているため、馬車の御者や野営時の見張りはしなくてもいいことになっている。

御者はオルヴァさんとミリオさんが務めており、馬車の後ろをキリカさんとユミルさんが馬に乗ってついてきている形だ。そして馬車の中には俺とリッツさん、そして執事のアルフさんが座っており、統治についての話し合いを進めていた。

「さて、アレク君の話を整理すると、集落には教会もなければ貨幣も流通していないってことでいいんだよね？」

「はい。集落ができたのはおよそ四百年前で、外の人間が最後に集落を訪れたのが二百年前という話を聞いております。集落独自の文化や歴史が築かれたために、外の歴史を知らないみたいです」

「となると、第一に優先されるのは教会の設置だね。職業について教えないといけないし、あとはフェルデア王国についても教えないといけない。はぁ……胃がキリキリするよ」

リッツさんはこれから始まる面倒な仕事のことを考えて、お腹を押さえていた。何も知らない人達の所へ行って一から始めなければいけないのだから、リッツさんの気持ちも分からなくもない。

「全く。どれもこれもアーデンバーグ家のせいだ！　二百年前にちゃんと王家に報告しておけばこんなことにはならなかったものを！　自分達が上手く統治できなかったからって、ドーマン家に押しつけてきて！」

「元々はアーデンバーグ家の領地だったんですか？」

「そうだよ！　私のひいお爺様の代までだけどね……はぁ。このひ弱な性格が本当に嫌になるよ。なんでドーマン家は皆押しに弱い性格なんだろう」

そう言ってリッツさんは涙を流した。

きっとアーデンバーグ家が二百年前に集落を訪れた時、デイルみたいな性格の人間が横柄《おうへい》な態度を取ったせいでこんな結果になったのかもしれない。今さら過去を蒸し返しても仕方がないが、もしかしたらと考えてしまう。もしかしたら、グンデルさんの娘さんは死なずに済んだのではないかと。

「でもさ……私なんかいい方だよね。これから行く集落の人達は、家族を失ってるんだから。まずは謝罪をしよう。そして彼らの未来を豊かなものにするんだ。私の人生を懸けて！」

涙を拭い、立派な決意表明をするリッツさん。隣で聞いていた執事のアルフさんも「坊ちゃま」と言って大量の涙を流していた。

リッツさんは確かにひ弱なイメージがあるし、頼りない感じもする。でもこういった発言ができる人間だってことは、期待してもいいかもしれない。そう思ってしまった。

それからさらに二日後。

俺達一行は集落の門前に辿り着いていた。そこには槍をこちらに向けて立っている集落の警備隊の姿が見える。俺とリッツさんは馬車から降りて、警備隊の方々がいる所まで歩いた。

「ア、アレク君！　ほ、本当に大丈夫なのかい？　槍だよ！　槍を持ってるよ！　刺されたら死んじゃうよ！」

俺の後ろに隠れ、服を引っ張りながら歩を進めるリッツさん。先日までのあの漢《おとこ》らしい姿はどこに行ったのやら。これからこの地を治める領主として顔を見せるというのに、もはや威厳など微塵もない。

「大丈夫ですから。私を信じてください！」

俺はリッツさんに呆れながらも歩みを止めることなくどんどん進んだ。警備隊との距離があと少しとなったところで、彼らは槍を下げた。そして、中央に立っていた男性が俺とリッツさんに歩み寄ってくる。

「久しぶりだな、アレク殿」

「久しぶりです、グンデルさん」

俺とグンデルさんは力強く握手を交わした。久しぶりの再会に積もる話もあるのだが、グンデルさんは俺の後ろで隠れているリッツさんに視線を移す。

「そちらは？」

「こちらはリッツ・ドーマン伯爵。本来この地を治めるはずだった人です。色々と事情があって急な来訪となってしまいましたが、これからこの集落の統治について話をさせていただけませんか？」

「統治……君が以前言っていた、フェルデア王国とやらが関係しているのか？」

「はい。立ち話では説明するのも難しくなりますので、是非どこかでお話をさせていただけたらと」

「……分かった。我らは守護者の意思に従う」

グンデルさんはそう言うと集落の方へ振り返り、「ついてきてくれ」と歩き始めた。俺達一行もグンデルさんの背中を追って集落の中へ入っていく。俺はグンデルさんの口から出た「守護者」という言葉に違和感を覚えたが、どうせ鶏竜蛇《コカトリス》が何か言ったのだろうと放っておくことにした。

そして未だにリッツさんは俺の服を掴んで離さない。ミリオさん達も一緒に集落の中へ進んだが、そこで俺はあることに気付いた。首長の家があった場所が更地になっていたのだ。

「あの家、取り壊したんですか？」

「ああ。奴らが暮らしていたという歴史をこの土地から抹消《まっしょう》したかったんだ。だから奴らの家も教会とやらも取り壊したよ」

前を歩くグンデルさんの表情を見ることはできない。一体どんな思いでいるのか。俺には理解することはできないが、彼らなりに前へ進もうとしているのだろう。そんな時、後ろからユミルさんの可愛らしい声が聞こえてきた。

「……アレクの……銅像？」

「あら本当ね。坊やが鶏に乗っているじゃない」

キリカさんの言葉に思わず俺は振り返った。そしてユミルさんが指を差す方へ顔を向けると、そこには鶏竜蛇《コカトリス》の背に俺が乗っている銅像が建てられていた。まだ途中なのか、ところどころ粗い作りになっているが、俺だということは分かる。

だが俺はあえて触れることはしなかった。触れてしまえば自分の銅像だと認めたことになる気がしたからだ。

しかしそんな努力も空《むな》しく、グンデルさんがユミルさん達に向かって声をかける。

「アレク殿はこの集落の守護者だからな。この集落を救ってくれた人を称えるためにもこの銅像の設置は我々の最優先事項である」

「……そう……でも目は……もう少し大きいよ？」

「なんだと！　……本当だ！　おい！　アレク殿の目はもう少し大きいぞ！　直《ただ》ちに修正せよ！」

グンデルさんはそう言って、俺と銅像の顔を交互に見比べて作業をしている人達に指示を出す。

俺は無心でただ前を見つめていた。そして秘《ひそ》かに心の中で再度決断する。いつか鶏竜蛇《コカトリス》に仕返しをしようと。


俺の銅像を通り過ぎたあと、暫く歩いて少し大きめな家の前にやってきた。グンデルさん曰く、警備隊の本部らしい。警備隊が普段ここで打ち合わせをしたりするそうだが、今日はこの家で話し合いをさせてもらうこととなった。

グンデルさんに続いて、俺とリッツさんとアルフさんは家の中へ入り、『蒼龍の翼』の面々は外で待っていることとなった。家の中に入ると、二人分のベッドと少しの家具が設置されているだけで、質素なものだった。全員が用意された椅子に座り、早速《さっそく》話し合いが開始された。

「自己紹介させていただく。私はリッツ・ドーマン伯爵。本来、この地を治めるはずだったフェルデア王国の貴族だ。そして後ろに立っているのが執事のアレフである」

リッツさんは俺と会話していた時とは打って変わり、威厳ある態度で話し始めた。だがグンデルさんは貴族と言われてもピンと来ないようで、普段と変わらない様子で挨拶を返す。

「これはご丁寧にどうも。私の名前は、グンデル。ここで警備隊の隊長をしている者だ。今までは別の者がここを治めていたが、最近事情が変わってな。今は仮の長として私がここを治めさせてもらっている」

「この集落で起きたことについてはアレク殿から聞いている。そしてその件について、私から君達に言わなければならないことがある。まずそれをしなければ、この先の話し合いを進めることはできない」

リッツさんはそう言うと椅子から立ち上がり、床に膝をついた。そして額を床へ擦り付けながら謝罪の言葉を述べ始めた。

「申し訳なかった‼　我々が君達の存在を蔑《ないがし》ろにしたせいで、多くの罪のない人を失うこととなってしまった。本当に、本当に申し訳ない‼」

「……頭を上げてくれ」

リッツさんの謝罪を聞いたグンデルさんは怒りをぶつけようともせず、穏やかな口調で語りかけた。

「この地を治める人が他にいたと知っていたなら、その人のせいだと言っていたかもしれない。だが、この問題を解決しようとせずに放置してきたのは我々村の者だ。自分の娘を失ってから事の重大さに気付いた者が、他人に罪を擦《なす》り付ける権利などない。この罪は、私達が死ぬまで背負い続ける十字架だよ」

「……すまない。本当に、本当にすまない」

リッツさんの頬から雫が流れ落ちる。そしてグンデルさんの頬からも涙が零れ落ちていく。

誰かのせいだと言うのであれば、間違いなく首長達のせいだ。だがそれを確かめたところでグンデルさんの娘は帰ってこない。だからこそ、グンデルさんは自分の感情を押し殺して語っているんだろう。この集落の未来のために。

ひとしきり涙を流し終えたあと、俺達は話し合いを始めることとなった。少しの気まずさがこの場に充満する中、リッツさんが口を開く。

「それでは統治について話を進めよう。まず先に、この地は鶏竜蛇王国となっているらしいが、その名前は廃止してもらう。この地は既にフェルデア王国の領地であり、『国』を付けてはならない。本来であれば反逆罪に問われてもおかしくないが、そこは集落の内情を加味して許されるだろう」

「分かった。集落の人間達にも鶏竜蛇王国という名の廃止を伝えよう。あとは新しい集落の名前だが、どうやって決めるんだ？」

グンデルさんに問われ、リッツさんは少し悩むように首を傾げた。

「領主である私が決定する。陛下が直々に名前を決定する場合もあるが、数多《あまた》ある村や町の名前を決めるなど、面倒だからな。こういった仕事は領主に一任されることが多い。私としては鶏竜蛇村でもよいと思うのだが。どうだろうか？」

「そうだな。それがよいだろう」

「それでは、この村の名は鶏竜蛇村に決定だ。次は徴税についてだが、基本的には貨幣が流通していない以上、作物などで支払ってもらうことになる。しかし……そもそも徴税の概念がこの村にはあるのだろうか？　もしそれがなければ、それを教えることから始めなければならない」

リッツさんは懸念《けねん》を示した。

この村が独自の文化を築いてしまっている以上、税の概念を知らないということもある。そんな人達にいきなり税金を払えと言っても払うわけないし、不満を言い出す者も出てくるはずだ。豊かな領地にするためにも、そこに住む者達の不満は少ない方がいい。

リッツさんのそんな心配は的中し、グンデルさんは徴税について知らないと答えた。どうやら色々と教えるところから始めないとならないらしい。

「リッツさん。徴税のことは一旦保留にして、まずは村の人達に正しい世界の歴史を知ってもらうべきです。順を追って説明し、理解してもらわなければ納得しない人間も出てきてしまうでしょう」

「そうだね。まずは教師の派遣、その次に教会の設置、そして徴税の流れかな。上手くいけば貨幣を流通させるのも手だけど、この土地特有の産業がなければ経済は上手く回らない。外からこの村を訪れる人間もいないだろうしね」

「そうですね……ここに来れば鶏竜蛇《コカトリス》の背中に乗って山々を駆け回れるなんてどうですか⁉　人語を操れる珍しいモンスターとお喋りできるなんて、最高の名物になりそうですけど！」

俺は銅像の件を思い浮かべて、鶏竜蛇《コカトリス》に仕返しをするために提案した。ここで拒否されたとしても、リッツさんがいない所でグンデルさんに話を通してしまえばいい。奴には色々と恩返しをしてやらなくちゃいけないからな。

「いいじゃないかそれ！　人と触れ合えるモンスターなんて珍しいだろうし、きっとこの土地の名物になるよ！　あとは鶏竜蛇《コカトリス》が協力してくれるかどうかだけど……」

「その点なら私が伝えておきます！　きっと協力してくれるはずですよ！　断られたら別の何かを考えましょう。時間は沢山ありますから！」

「そうだね。オホン！　グンデル殿。ひとまず、正しい歴史を村の人間に教えることを優先する。それに並行して教会の設置を行う。そのあとで職業についての指導者を呼ぶ。それがすべて済んだら徴税についての説明に移ることとしよう」

「分かった」

「あとはそうだな……公の場では私に敬語で話しかけるように頼む。一応立場上は君達を治める人間なのでな」

「承知した」

こうして無事に話し合いは終了した。明日は集落を回って、住民達の状況などを視察するらしい。

あくまでも仮の視察で、帰還したら正式な視察団を派遣するそうだ。

話し合いが終わって夜になる頃、俺達は酒を飲み交わした。グンデルさんは酒に酔いながら色々なことを語ってくれた。この集落のこと、そしてエミリーさんのこと。

月夜に照らされながら、娘のことを語るグンデルさんの頬を、小さな雫が流れていった。

■

その翌日。

リッツさんやグンデルさん達が視察を行っている間、俺は山を駆け登っていた。

目的は勿論、鶏竜蛇《コカトリス》に会うためである。

俺のことを勝手に守護者と決定したのはアイツだ。そのせいでユウナとの婚約が確定してしまうかもしれない。

俺としても、あんなに可愛い子と結ばれるのはやぶさかではないが、今はそんなことより、奴を から揚げにするか手羽先にするかを考えるのが先決だ。

走ること数分。鶏竜蛇《コカトリス》の魔力を覚えている俺はすぐに奴の所に到着した。奴はちょうどモンスターを狩っている最中だったようで、前足には血が付着している。

鶏竜蛇《コカトリス》は俺の存在に気付いたのか、顔をこちらに向けて声をかけてきた。

『数日ぶりだな、アレク。いや、守護者と言った方がいいかな？』

小さく笑いながらそう話す鶏竜蛇《コカトリス》。俺は思わず怒りの声を上げた。

「勝手に守護者にするなよ!!　お前のせいで王女と婚約させられるかもしれないんだぞ!!」

『それはよかったではないか。我のおかげでお前の未来も安泰《あんたい》ということか』

「安泰じゃねーよ!!　寧ろ自由が奪われるんだぞ!!　それにあんな銅像作らせやがって！」

『おお、あれを見たか！　中々凛々《りり》しい姿であっただろう？　我の鶏冠《とさか》がよく再現されておるわ！』

「知らねーよ!!　はぁ……」

俺が必死に文句を言っても鶏竜蛇《コカトリス》は高らかに笑うだけだ。結局俺はため息を零すしかなくなり、鶏竜蛇《コカトリス》をから揚げにすることは諦めた。

しかし、もう一つの用事は聞いてもらわなければならない。昨日話していた、鶏竜蛇《コカトリス》との触れ合いをこの村の名物にするという話だ。これを通さなければ、外から収入を得ることは難しくなってくる。

「今日はお前にお願いがあって来たんだよ。実はこの村がフェルデア王国の統治下になることになってな。そこで村興《おこ》しの一つとして、お前に外から来る人達と触れ合ってもらいたいんだ。この村のためだと思って、なんとか聞き入れてもらえないか？」

『そんなことであれば問題ないぞ。我は「奉納の巫女」達に償わなければならんからな。村のためとあれば、客寄せにでもなってみせよう』

「本当か？　断られると思ったよ」

『断る理由がないからな。この村に我がいるということを、外に知らしめるいい機会にもなるであろう。だが、一つ問題がある』

鶏竜蛇《コカトリス》がそう言って眉をひそめた。

だが俺にはなんの問題があるのか理解できなかった。

「問題？　もしかしてお前が外部から来た人間を殺しちゃうとかか？」

『違う。この山の守りが疎《おろそ》かになってしまうことだ。山の警備の仕事を村の人間にさせるには無理があるからな。強き者が必要になる』

考えてなかったな。確かに鶏竜蛇《コカトリス》が村に長時間滞在していたら、他の集落がいつモンスターに襲われるか分からない。かといって集落の人達に警備を頼むのはまだ早い気がする。彼らは碌《ろく》な戦闘経験を積んでいないだろうから。そうなると外部の冒険者や衛兵に頼むしかないが、そんなお金はない。

「お前が他のモンスター達に『村を襲うな！』って指示を出すのは無理なのか？　守り神なんだしそれくらいできるだろ」

『阿呆か。我にもできないことの一つや二つはある。そもそもモンスターに指示を出すためには、同種族でなければならん。『使役』スキルを持つ者がいれば、モンスターに指示を出すことは可能だがな』

「『使役』か……それ俺持ってるわ!!」

『なんだと？　それなら簡単だ。お前がゴブリンロードやオーガキングやオークジェネラル達を使役してしまえばいい。そうすれば下位のモンスターが村を襲うことはなくなるだろう』

鶏竜蛇《コカトリス》が言うには、使役されたモンスターは使役者の能力によって強化もしくは弱体化するらしい。そもそも使役対象よりもレベルが低ければ使役することはできないから、弱体化することなどは滅多にないそうだ。

そして、なるべく上位の存在を使役するのがコツだそうだ。オーガキングを使役すれば、オーガなどの下位種は使役せずともオーガキングを介して言うことを聞くようになるらしい。

『問題はお前のレベルと総魔力量だな。「使役」は一度発動してしまえば、それ以降魔力を消費することはない分、その一回に使用される魔力は相当な量を必要とするのだ』

「そうなのか。一応レベルは50で魔力量は４０００だな。このくらいあれば大丈夫か？」

『ふむ……この辺にいるモノならどれでもいけそうだな。それならば、オーガキングを使役するがよい。我も手伝ってやるから手短に済ませるのだぞ』

鶏竜蛇《コカトリス》はそう言うと身を屈めた。俺は鶏竜蛇《コカトリス》の背に飛び乗って山を走り始めた。

俺が『探知』スキルでモンスターを確認するよりも早く、鶏竜蛇《コカトリス》はオーガがいる方向へ足を向けている。それから一分もしないうちに、オーガキングがいる場所に辿り着く。

俺は鶏竜蛇《コカトリス》の背を蹴り、オーガキングへドロップキックをお見舞いする。不意を突かれたオーガキングは吹き飛び、数本の木を薙ぎ倒してから止まった。

俺はそのまま一目散にオーガキングを目掛けて走った。そしてまだ立ち上がることができないオーガキングの体に触れながらスキルを発動させる。

「『使役』！」

その瞬間オーガキングに触れていた手の甲が光り、その光はオーガキングの体へ流れていく。それと同時に俺の体をとてつもない脱力感が襲った。どうやら魔力切れを起こしてしまったようだ。立っていられない状態になり、その場に片膝をつく。

そして目の前にいたオーガキングから眩《まばゆ》い光が発せられた。

「グルォォォォォォ！！！」

苦しんでいるのか興奮しているのか、オーガキングの雄叫びが聞こえた。思わず耳を塞いで顔をしかめる。

雄叫びと光が収まると、そこにはオーガキングとは似ても似つかないモンスターが立っていた。黒く淀《よど》んだ赤色の肌をしていたはずが、明るめの赤い色の肌へと変わっている。体格も一回り小さくなっているが、引き締まった体つきをしており、顔もちょっと怖い人間の顔に変化していた。

頭から細長い角が二本出ている。

『ほぉ！　まさか鬼人《きじん》になるとはな！　これならばこの地も安泰だ！』

「鬼人？」

俺は目の前に悠然《ゆうぜん》と立つモンスターを『鑑定』にかける。

【種族】鬼人
【レベル】42
【HP】2800／2800
【魔力】2000／2000
【攻撃力】A＋
【防御力】B
【敏捷性】C＋
【知力】B
【運】D＋
【スキル】
攻撃力上昇（大）
防御力上昇（中）
剛力

威圧

鬼人の咆哮《ほうこう》

（なんだこのステータス！　下手したら俺より強いじゃないか！）

俺は心の中で思わず叫んだ。使役されたモンスターは使役者の能力によって強化されると鶏竜蛇《コカトリス》が言っていたが、強化の値がおかしすぎるだろ。

俺が目の前のモンスターに驚愕していると、そのモンスターがその場で跪《ひざまず》いて頭を下げだした。

「主よ。このたびは私を生み出していただき、誠にありがとうございます」

「え、あ、ああ。……って喋れるのかよ!!」

「はい。鬼人へと生まれ変わった私に、主が与えてくれたお力のおかげでございます」

『鬼人はその名の通り、鬼の人だからな。人間と同じように喋ることもできれば知性もある。こ奴なら我がいなくてもこの山脈を守り抜いてくれるだろう』

鶏竜蛇《コカトリス》はそう言うと満足そうに羽をバタバタさせた。鬼人はその間も頭を下に向けている。

俺は鬼人を見つめながら、あることを思い浮かべていた。この山脈の全種族のトップを使役してしまえば、村が襲われる心配はないのではないかと。

「なぁ、他のモンスターも使役しちゃえば、守るとか考えなくても済むんじゃないか？」

『お前は力はあるが愚《おろ》かだな。モンスターを無限に使役できるとでも思ったか？　使役できるのはよくて三匹までだ。お主の場合、既に大物を従えているからな。もしかしたら二匹で限界かもしれん。スキルとは便利ではあっても万能ではないのだ』

「そうだったのか。というか、なんでお前がそんなこと知ってるんだ？」

『この地にも「使役」スキルを使いこなし、我を葬《ほうむ》ろうとしたヤツがおったのだ。キマイラといって、狡猾《こうかつ》な奴であった。我と同じほどの力を持ちながらも我が隙《すき》を見せるまで、使役したモンスター達を使って我を襲わせたのだ。結局は我がヤツの首を蹴り落としたがな』

「つまりそのキマイラが使役できたモンスターが三匹だったてことか？」

『そういうことだ』

鶏竜蛇《コカトリス》は過去を懐かしむかのように顔を空へ向けていた。

なぜ鶏竜蛇《コカトリス》はキマイラが『使役』スキルを持っていたことが分かったのだろうか。俺みたいに『鑑定』を持っていたわけでもないのに。

「なんでキマイラが『使役』スキルを使ったって分かったんだ？　もしかしてお前は、相手が持ってるスキルを知ることができるのか？」

『我はこれでも神だからな。我の右目は相手のステータスを曝《さら》け出させる。そして左目は少し先の未来を見せる』

鶏竜蛇《コカトリス》は自慢げにそう言うと、俺を背に乗せようとしゃがみ込む。俺は多くのモンスターを従えることを諦めて、鬼人に山脈を守ってもらうことにした。

「うーん。何がいいかなー」

俺は鶏竜蛇《コカトリス》の背中に乗りながら、首を捻り必死に脳みそを回転させていた。というのも、使役した鬼人の名前を考えているのだ。初めて使役したモンスターだからこそ、愛情をもって接してやりたいと思ってしまった。ちょっと怖い目つきすらも愛おしく思えてしまう。

『なんでもよかろう！　モンスターは名前など気にしない。存在そのものこそが生きている証明なのだからな』

「いや、絶対にいい名前を付ける！　じゃないと鬼人が可哀想だ！」

そう言って悩むこと五分。ようやく鬼人の名前が決まった。

「いいか鬼人！　君の名前は王牙《おうが》だ！　カッコいいだろ！」

俺に名前を付けられた、鬼人・王牙は鶏竜蛇《コカトリス》の横を並走しながら雄叫びを上げる。その咆哮は周囲の草木を揺らし、大地を震わせた。鬼人は王牙という名前を気に入ってくれたみたいで、どこか嬉しそうな表情をしている。

『オーガだから王牙か？　なんと安直な名付けだ。お主にはどうやら名付けの才はないらしい』

「貴様！　我が主が名付けた素晴らしき名を侮辱《ぶじょく》するつもりか!!」

『侮辱などしておらん。ただ少し可哀想に思えただけだ。我ならもう少し格好のいい名を付けれるとな』

「なんだよそれ！　じゃあ試しに言ってみろよ！」

『よかろう！　心して聞くがよい！　この鬼人の名は『灼熱《しゃくねつ》の炎〜鬼人炎刃《えんじん》〜』だ！　どうだ、素晴らしかろう？　今からでも遅くはない。我の考案した名に変えるがよい！』

俺と王牙は沈黙せざるを得なかった。俺のネーミングセンスをこれだけ批判してきた鶏竜蛇《コカトリス》が、とんでもないネーミングセンスだったからだ。それも堂々と胸を張り、今しがた言葉にした名前が本当に素晴らしい名前だと信じているのである。俺は笑いを堪えるのに必死になりながら口を押さえた。

集落へと辿り着いた俺は、鶏竜蛇《コカトリス》と王牙を山の中に置いてきて、『蒼龍の翼』の人達が滞在している場所へと向かった。集落に突然、鬼人が現れたとなっては騒ぎになってしまうため、まずはミリオさんに事情を説明し、その後グンデルさんとリッツさんに話を通そうと思ったからだ。

「ミリオさん、ちょっといいですか？」

一軒家の中へと入り奥へと進んでいくと、居間で寛《くつろ》いでいるミリオさんとユミルさんがいた。この家は年老いて亡くなってしまった老夫婦が残した家らしい。家具もそれなりに揃っており、野営をするよりかは幾分体を休めるだろうということで、貸してもらっているのだ。ちなみに俺もこの家で寝泊まりをしている。

椅子に座り優雅に紅茶を飲んでいたミリオさんは俺の声に気付き顔をこちらに向ける。

「アレク君か。どうしたんだい？」

「集落の今後について、グンデルさん達と話していたんですが、鶏竜蛇《コカトリス》をこの集落の目玉にしようという話が出まして。ここを訪れた人達と鶏竜蛇《コカトリス》が触れ合えるというものなんですが」

「へぇ！　それは中々面白そうじゃないか！　モンスターと人間が触れ合えることなんて前例がなかったし、もし実現できれば間違いなく村の目玉になるよ！」

「それで鶏竜蛇《コカトリス》に相談しに行ったんですが、それについては引き受けてくれたんです。ですが鶏竜蛇《コカトリス》を村に移住させるとなると、山の守りを任せられる人材が必要だという話になりまして」

事情を説明していくと、ミリオさんは紅茶を飲み干して椅子から立ち上がり、胸をドンと叩いた。

「なるほど……そこで冒険者達の出番ということかい？」

「いえ……見ていただきたいものがあるので、ついてきてもらっていいですか？」

自信満々に答えたミリオさんの考えを遮るような形になってしまったが、俺は王牙達の所へミリオさんを連れていこうとする。疑問を浮かべるように首を捻らせながらも俺と一緒に歩き始めるミリオさん。

ちなみにオルヴァさんは豪快ないびきをたてながら眠っていたので、多分ついてくることはしないだろう。キリカさんの姿は見えなかったが、ユミルさんは既に俺の右腕を掴んでいるのでついてくる気満々だ。

「……鶏……乗るの？」

「え？　そうですね！　子供であれば乗れますし、乗れば最高に楽しいと思いますよ！　ふかふかしますし！」

「……私……まだ子供……乗ってもいい？」

そう言って上目遣いで俺を覗き込むユミルさん。

当然ユミルさんの体が俺の腕に思いきり触れる。自覚があってやっているのか無自覚なのかは分からないが、綺麗な女性の上目遣いとお山のダブルコンボはとんでもない破壊力だ。もし今俺とユミルさんが二人きりで密室にいたのであれば、変な気を起こしていたかもしれない。しかし今は真昼間で外には村の住民達も歩いているし、傍にはミリオさんもいる。

「大丈夫です！　ユミルさんも是非楽しんでみてください!!」

俺が空を見上げながら返事を返すと、隣から小さな声で「やった」と聞こえた。ミリオさんは優しい笑顔で俺達の方を見て、満足そうに何度か頷いている。


そして二人を連れて鶏竜蛇《コカトリス》と王牙が待っている所まで歩いていく。

ミリオさんもユミルさんも流石Aランク冒険者といったところか、王牙の姿がまだ見えないはずなのに、気配を感知してすぐに戦闘態勢に移った。

「アレク君、鶏竜蛇《コカトリス》とは違った気配が感じるんだが。これは一体なんなんだ？」

「えっと、もう少し歩けば見えてくると思うんですが……」

警戒している二人をよそに俺はどんどん歩いていく。そしてようやく目の前に鶏竜蛇《コカトリス》と王牙の姿が現れた。ミリオさんは盾を前にし、ユミルさんは細剣を抜いて既に襲いかかろうとしている。

「では紹介させてもらいますね。鶏竜蛇《コカトリス》の隣に立っているのは俺が使役している鬼人です！　名前は王の牙《きば》と書いて王牙と読みます！　この子が鶏竜蛇《コカトリス》に代わって山脈を守ってくれることになりました！　それでミリオさん達にも一度会っておいて欲しいと思ったんです」

「鬼人だって？　それに使役？　一体何を言っているんだ、アレク君！」

俺の言葉を聞いたミリオさんは瞬時に俺から離れて、俺に盾を向けた。ユミルさんは一瞬驚いた表情を見せたが、変わらず王牙に向かって剣を向けている。

俺はなぜ自分に敵意を向けられているのか分からなくなり、ミリオさんに話しかける。

「ええっと、そのまんまの意味なんですが……俺が持っている『使役』スキルでオーガキングを使役したんです。そしたらオーガキングが鬼人に生まれ変わって、喋れるようになったんですよ」

「……正直に答えて欲しい。君は……魔族なのか？」

なぜそんなことを聞くのか、この時の俺は理解できなかった。険しい表情のミリオさんにそう問いかけられた俺は、不思議に思いながらも正直に答える。

「人間ですよ？　なぜ俺が魔族だと思ったんですか？」

「『使役』のスキルを持っていると言ったからだ。そもそも『使役』スキルは魔族と一定のモンスターしか持っていないスキルでね。それなのに、なぜそのスキルを人間である君が持っているんだい？」

俺は平静を装《よそお》いながらも内心は慌てていた。

『使役』スキルを手に入れたのは、学園のダンジョンでゴブリンライダーを倒した時だったが、人間が使えないということは知らなかったのだ。普段人に話すことはないが、二人を信頼していたがためにうっかり口に出してしまった。

「えっとですねぇ……それは――」

俺はどうしようか考えた。

彼らはAランク冒険者としてそれなりの地位を得ている。俺の力を知ったとしても利用しようとは考えてこないかもしれない。でも、もしかしたらということもある。

「今から言うこと、誰にも言わないでもらえますか？」

俺は結局ミリオさんとユミルさんの二人に打ち明けることにした。彼らとは長い付き合いになりそうだったし、何よりグレンの件で『蒼龍の翼』の人達は信頼できる人間だと思ったからだ。そして、俺は口を開き、自分がどうやって『使役』スキルを手に入れたかを語り始めた。

――八歳の時に、「鑑定の儀」で自分の職業が『解体屋』と分かってから、家族に迫害されたこと。それから一人で山に籠り、モンスターを倒してスキルを手に入れたこと。友人に会うために入学した学園のダンジョンでスキルを手に入れたこと。

そのすべてを語り終えるとミリオさんは盾をしまい、ユミルさんは剣を鞘に戻した。

「……辛かったね」

ユミルさんはそう言いながら俺の頭をそっと撫でる。可哀想と思ってくれているみたいだが、俺は既に家族とは決別しているつもりでいるし、アリスとも仲直りできているからなんとも思っていないのだ。ミリオさんも、俺を疑ってしまったことを申し訳なく思ったのか頭を下げて謝ってきた。

「申し訳ない。君にそんな過去があるとは露《つゆ》知らず。恩人である君を疑ってしまった」

「大丈夫ですよ。ミリオさんの対応は何も間違っていませんから！　それよりも本題に戻りましょう！」

そう言って俺は王牙の所に歩いていく。ミリオさん達も俺と一緒に王牙の所に来てくれた。そして改めて二人に王牙の紹介をする。

「改めて、こいつが王牙です！　ミクトラン山脈の新しい守り手になります！」

「王牙という。主のご命令通り、この鶏に代わり山脈を守る者となった。よろしく頼む」

王牙が二人に頭を下げると、ミリオさんは目を見開き驚いていた。ユミルさんも一瞬ビックリしていたが王牙にはそれほど興味がないらしく鶏竜蛇《コカトリス》の所へ歩いていく。そして背中に飛び乗って、寝そべり始めてしまった。

ユミルさんはさておき、ミリオさんが声を上げる。

「驚いたよ！　まさか本当にモンスターが喋るとはね。それに鬼人なんて、話でしか聞いたことないよ！　多分Sランク級に該当してるはずじゃないかな？」

「そうだったんですね！　確かに俺も聞いたことありませんでしたし。それで……王牙が守り手になってても支障はないですかね？　村の住民の方々には説明すれば問題ないとして、国としてどうなのかなと思いまして」

恐怖の対象となっている魔物に自分の身を守ってもらうなんて、だいぶおかしな話なのだが。まぁ陛下はそこのところも理解してくれるはずだろう。

「あー確かにね。モンスターに村の守りをさせるなんて前代未聞だからなぁ。問題は山積みだと思うよ。例えば、『誰が鬼人を従えたんだ？』とかね。アレク君に目が行く可能性だって考えられる」

「それは考えていませんでした。でも、他の人達がなんと言おうと、陛下がよしとすれば問題はありませんよね？　そもそも他の領地に被害を与えるわけでもありませんし」

「そうだね。それに君は子爵だから、公の場で文句を言ってくるのも伯爵以上の貴族ぐらいじゃないかな？　あとはそうだなぁ……聖アルテナ教国の連中が何を言ってくるかだね。あそこはすべてのモンスターを敵視しているから。鶏竜蛇《コカトリス》ももしかしたら敵と見なされるかもしれない」

聖アルテナ教国。確か聖女《せいじょ》が国を治めている国のはずだ。そこまで話が広まってしまえば、国際問題に発展してしまうというわけか。まぁ広まらなければいい話なのだが、そうもいくまい。ひとまず山の守りを王牙に頼むのは、村が潤《うるお》うまでの期間にしよう。それ以降は冒険者に頼むか、村の防衛対策をしっかりしていけばいい話だ。

「ひとまず、村が安定してくるまでの期間だけ王牙に守り手をお願いすることにします！　それ以降は冒険者に頼むなりして、聖アルテナ教国の件はなんとか回避するとしましょう」

「それがいいね。あとはアレク君が目を付けられることだけど、それは自分でなんとかできるだろうし、もし何かあったら僕達も協力するからなんでも言ってくれ」

ミリオさんはそう言って俺の肩に手を置く。ユミルさんも鶏竜蛇《コカトリス》の背中から「……私も」と声をかけてくれた。

こうして二人に了承を得たため、集落の人達にも話そうと王牙と鶏竜蛇《コカトリス》を引き連れて山を下りていった。


結果として、住民達には快く受け入れてもらえた。王牙の紳士的な態度が功を奏したのか、不満を言う者は誰一人としていなかった。グンデルさん達も、守護者の配下ならと信頼してくれた。

だがリッツさんだけは不安を抱えているようだった。

「王牙が強いのは分かるんだけど、モンスターっていうのがね。他の貴族達が何を言ってくるかも分からないよ」

「その点は安心してください。一定の期間だけで、それ以降は冒険者達に依頼する予定ですので。この話が他国まで広がってしまえば、フェルデア王国に聖アルテナ教国が難癖をつけてくる可能性もありますから」

「それならいいんだけど……まぁ三年後には君の領地になるからいいか！」

リッツさんはそう言うと、うんうんと何度も頷き始めた。

「俺の領地？　どういうことですか？」

「そうそう！　君の領地になる……なんでもない。聞かなかったことにしてくれないかな？」

「いやいや！　そんなの無理ですよ！　どういうことですかそれ！」

「あーーー!!　聞こえない聞こえない!!　私は何も言っていない!!　アルフ！　夕飯にしようか!!」

「ちょっと！　リッツさん!!」

リッツさんは両耳を塞ぎながら、アルフさんのいる方へ小走りで駆けていく。

俺はリッツさんを追いかけた。どうやら彼にはじっくりと話を聞かなければいけないみたいだ。

■

その翌日、俺達一行は鶏竜蛇村の視察を無事に終えて王都への帰路に就いていた。

『蒼龍の翼』の人達が護衛を務める中、俺はリッツさんを半ば脅すような形で昨日の発言について追及していた。初めは口を閉ざしていたリッツさんだったが、俺がしつこく追及した甲斐もあって、色々と教えてくれた。

どうやら、三年後に鶏竜蛇村を俺の領地にするというのは陛下が提案したらしい。学園を卒業したあと、一年ほどリッツさんの下で領地経営を学び、その後鶏竜蛇村一帯を俺の領地として与えることで、名実ともにアレク・カールストン子爵として貴族の地位を築かせるつもりとのこと。

陛下は何がなんでも、俺とユウナを結婚させようと目論《もくろ》んでいるとの話だった。王位はユウナの兄である、ザックス・ラドフォード様が継ぐためユウナと結婚したところで俺が王位を継ぐことはない。だがお互いのことを考えていない結婚など、俺は絶対に認めない。何がなんでも逃げてやる。

「まぁあくまでも陛下がそう考えておられるだけだからね。ユウナ様がアレク君と結婚したくないと言えばそれまでの話だよ」

「そうですよね。ユウナ様もこれから沢山の人と出会う機会がありますから。私のことなんてすぐに忘れてしまいますよ！」

「ははは！　だといいね！」

リッツさんが乾いた笑みを浮かべる。

それから王都に着くまでの間、鶏竜蛇村の今後について話し続けた。王都に着けば陛下への報告が待っている。王牙の存在についても説明しなければならないし、俺のスキルについても話さないといけなくなるだろう。「契約者」の存在については明かさずに話を進めないといけないな。俺はそんなことを頭に思い浮かべながら、リッツさんと会話を進める。

その間も馬車は王都に向かって進んでいった。

王都に到着し、俺とリッツさんは馬車に乗ったまま王城に向かっていく。

本来貴族は馬車に乗って王城へ訪れなければならない。俺は男爵になってからも徒歩で向かっていたのだが、これからはできる限り馬車に乗って向かった方がいいとリッツさんに教えられた。貴族としての威厳を保つためらしい。が、そんなものあってないようなものだろう。

王城に着き、『蒼龍の翼』の方達とはお別れすることになった。ユミルさんは俺の腕を掴んで中々離そうとしなかったが、キリカさんが無理やりユミルさんを剥がして事なきを得た。

「アレク！　また……一緒に……冒険しよ」

初めて聞いたユミルさんの大きな声に俺は少し驚いた。俺もユミルさんと同じように大きな声で返事をする。

「はい！　また一緒に行きましょう！」

俺が手を振りながらそう返事をすると、ユミルさんも小さく手を振り返してくれた。今度は貴族としてではなく、冒険者として一緒に依頼を受けたいと心の中で考えていた。


その後俺とリッツさんは応接間に案内され、陛下を待つことになった。一応帰還予定日は連絡してあったみたいなので、時間を取ってもらえるようにはなっていた。

それから暫くして応接間の扉が開き、陛下が入ってくる。そして陛下に続いてシャルロッテさんが入室し、その肩に掴まってゆっくりと歩くユウナが入ってきた。

俺とリッツさんは椅子から立ち上がり、陛下達に頭を下げる。

「陛下、お時間をいただきありがとうございます。ユウナ様もお元気そうで何よりです」

「ご苦労だったな、リッツ、アレクよ。さて話を聞かせてもらおうかの」

「はい！」

挨拶が終わると、陛下達が椅子に座るのを待ってから俺達も再び椅子に座る。

ユウナは俺と目が合うと、恥ずかしそうに頬を赤く染めながらニコリと微笑んでくれた。彼女が俺との婚約に対し何を思っているのか分からないが、もしかしたら今日その答えを聞くことになるのかもしれない。

リッツさんが言う。

「ミクトラン山脈の麓の集落に関してですが、かなりの文化の差がありました。教会もないため職業を知る存在もおらず、通貨の流通もしておりません。それにフェルデア王国について知る者はおりませんでした。かつてアーデンバーグ家がしたという報告は捏造《ねつぞう》されている――と考えた方がよろしいかと」

「ふむ、やはりか。ワシも調べ直してみたが、アーデンバーグ家からの報告には『何の変哲《へんてつ》もない集落であった』としか報告がなかったからのう。先代の王が『影《かげ》』を放っていなければ、ワシは言い伝えのことすらも知らなかったのかもしれんのう」

明るかった部屋が重苦しい雰囲気になる。

アーデンバーグ家の報告に虚偽があったようだ。「何の変哲もない集落であった」という報告であったから、国が動くことはなかったのだろう。それがなんらかの理由があって、先代の王が密偵のようなものを使って調べた結果、言い伝えについて知ることができたというわけか。

俺としてはなぜ先代がその事実を知った時に動かなかったのかも疑問なのだが、きっと何かしらの理由があったに違いない。それに過去に戻れない以上、今さら話を蒸し返したところで何も生まれやしない。

いずれにしても悪いのは正確な報告をしなかった、アーデンバーグ家の人達だと分かったのだから処罰してしまえばいいのに。

「アーデンバーグ家に対する処罰はおいおい決めるとする。それで、鶏竜蛇村に対する今後の方針を教えてもらおうかの」

「まずはフェルデア王国の歴史を教えることを第一優先に進めます。教会の設置や職業の普及についても並行して進めてまいります。さらに、鶏竜蛇《コカトリス》に協力を仰《あお》ぎ、村興しをしようと考えておりま す。大きな集落ですので、新しい『街』になると考えております」

「ほう。それは名案だとは思うが、どれほどかかるのだ？　三年で終わるのか？」

「正しい歴史を教えるのに一年、教会の設置と職業の普及は並行させますので、すべてあわせて一年半もあれば問題ないかと。それから一年半、全力で鶏竜蛇村の村興しを行います。そうすれば三年である程度の成果は得られるはずです！　少なくともモンスターが溢れ返る山が近くにある以上、冒険者達が訪れるようにはなるでしょう！」

いつにも増して饒舌《じょうぜつ》に語るリッツさん。陛下も満足げにしている。

だが、問題は王牙についてだ。陛下が王牙の存在を認めてくれなければ別の手段を使うことになる。最悪、ミリオさん達にお願いして冒険者達に手伝ってもらうことになるかもしれない。

「そうか。上手くいくことを願うとするかの。それで、鶏竜蛇《コカトリス》に協力を仰ぐと言っておったが、具体的には何をするつもりなのじゃ？」

「簡単に言ってしまえば、鶏竜蛇《コカトリス》と触れ合える空間の提供です。高い戦闘力と知性を備え、人間に好意的なモンスターですので危害を加えることはありません。普段敵対しているモンスターと触れ合える貴重な体験を提供できます」

「なるほど、鶏竜蛇《コカトリス》との触れ合いか。確かに面白いかもしれんのう」

「そこで陛下にお聞かせしたいことがあります。アレク君、頼むよ」

そう言って俺に丸投げしてきたリッツさん。どうやら王牙の話は怒られると思っているらしい。

俺は一度深く呼吸をしてから、陛下に話し始めた。王牙の話、そして自分のスキルのことを。

「ここからは私が説明させていただきます」

リッツさんからバトンを渡された俺は陛下に断ってから話し始めた。

「まず鶏竜蛇《コカトリス》との触れ合いですが、これは村の中で行うことを考えています。鶏竜蛇《コカトリス》が村の中で自由に過ごし、住民達とも仲良く暮らすことで、安全だという証拠にもなるからです。ですがそのためには、ミクトラン山脈を徘徊《はいかい》しているモンスター達から集落を守る存在が必要になります」

「そうじゃの。今まで鶏竜蛇《コカトリス》が担ってきた役目を誰かが代わりにせんといかんからな。それはどうするつもりなのじゃ？」

「これについては悩みました。利益が生み出せない間、冒険者を雇うことは不可能でしょうし、騎士を派遣していただくことも困難でしょう。ですから私のスキルを使い、守り手を新たに生み出しました」

「守り手を新たに生み出したじゃと？　どういうことじゃ！」

「すべてを説明するために、まず私の職業からお話させていただきます。私の職業は『解体屋』というもので、名前を聞けば貴族の職業でないと思う方もいるでしょう。実際私の父や母もそうでした。ですが私の職業には特別なスキルがあったのです」

「特別なスキル？　一体なんじゃそれは！」

「『解体』というスキルです。簡単に言うと、自分が討伐したモンスターに使用することで、そのモンスターが所持しているスキルを会得《えとく》できるのです」

俺が自分のスキルについて打ち明けた時、応接間に静寂が訪れた。陛下もユウナもシャルロッテさんもポカンと口を開けている。リッツさんは既に聞いていたため反応は示さなかったが、彼も三日前は同じような反応を示していた。

暫くすると陛下が口を閉じて鼻から息を吸った。そして俺の目を見つめながら発した声が静寂を破る。

「俄《にわか》には信じがたいが、お主が嘘をつくとは思えん。まずはその話が真実だとして話を進めることとしよう。それからじっくりとスキルについて聞かせてもらうからの」

「ありがとうございます。それでは話を続けさせていただきます。このスキルを使ってゴブリンライダーから『使役』のスキルを手に入れた私は、ミクトラン山脈に住まうオーガキングを使役しました。その結果オーガキングが鬼人へと進化を遂げ、人語を喋れるほどの知性を手に入れたのです。鬼人は私を主として慕《した》い、私の指示はすべて聞いてくれます。その鬼人を王牙と名付け、新たなミクトラン山脈の守り手となってもらいました」

俺がありのままに話をすると、リッツさんを除いた全員が再び口を大きく開けた。

そして暫くすると陛下は、深いため息を零し「すまぬが少し時間をくれ」と言って頭を抱え込んでしまった。

俺達は陛下の言葉通り、口を閉じて陛下が顔を上げるのを待った。

「ふぅ……すまなかったな」

そう言って陛下は顔を上げる。先ほどまでより少しやつれているような気がしないでもないが、陛下は俺の顔を見ると再び会話を始めた。

「アレクの言うことがすべて事実であるならば、王牙とやらに山脈の守り手を任せるのはなんら問題はなかろう。ただ、懸念事項がいくつかある。やはりモンスターを友好的に見ている点が、聖アルテナ教国からしたらよくは思われんだろう。下手をすれば、神に背きし者として断罪される可能性もある」

「そうですね、そうなったら――」

「そうなったら、なんじゃ？」

「いえ、なんでもありません」

そうなったらアルテナに頼んでみましょう、と言いかけて俺は言葉を呑み込んだ。

そもそも神と対話できるなんて信じてはもらえないだろうが、色々突《つつ》かれても困る。それに、俺とアルテナは絶賛喧嘩中だ。俺が悪いところもあるとは思うが、アルテナが首長達を放置していたのも悪いのではないだろうか。だから俺は絶対に謝ったりしない。

「まぁよい。村興しに関しては、正しい歴史が周知されるのと教会が設置されてからでも遅くはなかろう。それまでは鶏竜蛇《コカトリス》との触れ合いも一旦保留じゃ」

「分かりました。そのように進めさせていただきます」

陛下の言葉にリッツさんは深く頷いた。これで鶏竜蛇村についての報告は無事に終了したのだが、話はまだまだ続く。

「さてアレクよ、お主のスキルについて語ってもらうとするかのう」

陛下の紅の瞳がギラリと光る。ユウナと同じ紅に光るその瞳からは、決して逃れられないと察した俺は重い口を開き、ゆっくりとすべてを語り始めた。八歳の時から今に至るまで、どんなスキルを手に入れてきたか。どうやって今の強さを手に入れたか。「契約者」について以外すべてを語った。

「以前、陛下とヨルシュ様にどうやってこれほどまでの力を手に入れたのかと聞かれた時、嘘をついてしまいました。本当は『解体』スキルがあったからです。このスキルのおかげでアリスを救うことができ、ユウナ様を救うことができました」

「……壮絶……だったのだな」

「……はい」

陛下の言葉通り、俺の人生は壮絶だった。

一人でオーガキングを倒した時、俺は死を覚悟していた。あそこで死んでいてもおかしくはなかったのだ。今なら容易に倒すことができると思う。だがしかし、あの時の俺は無謀と挑戦の意味を履き違えていた。

陛下もシャルロッテさんも、俺の話す壮絶な人生に対し複雑な表情を浮かべていた。辛いだろう、だがなぜそんな無謀なことを。そんな声が聞こえてきそうである。隣で座って聞いていたリッツさんはオーガキングの話のあたりで失神して気を失ってしまった。ユウナは以前話を聞いていたから驚きはしていなかったが、両親に迫害を受けていた話を聞いている時は、両目から涙を流していた。

「お主の強さは理解した。改めて礼を言わせてくれ。ユウナを、アリスを救ってくれてありがとう」

陛下が俺に向かって頭を下げる。ユウナもシャルロッテさんもつられて頭を下げてきた。俺は慌てて陛下に声をかける。

「頭をお上げください、陛下！　一国の王が私みたいな者に頭を下げるなど！」

「今は王ではなく、ただの父親として頭を下げさせてはくれまいか」

下を向きながら小さな声で呟く陛下。俺はそれ以上何も言えず、陛下が顔を上げるのを黙って待つしかできなかった。

陛下が顔を上げると、スキルの話は終了になった。これ以上俺のことについて追及することは今後一切しないと陛下が断言したのだ。そして、スキルの話が終わって一件落着ともいかず、話は問題のユウナとの婚約話へと移り変わっていく。

「以前話していた、ユウナとの婚約についてじゃが、今ここでユウナの意見を聞こうと思っての！　さぁユウナよ、アレクとの婚約どう考えておるのじゃ？　恥ずかしがらずに言うてみよ」

「……私は、アレク様のことをお慕いしております」

「おお！　そうかそうか！　では婚約ということで――」

「ですが！　ですが……アレク様の気持ちを何一つ考えない婚約など、私が望んでいるものではありません。私は、アレク様に心の底から私のことを好きになってもらうまで、婚約はいたしません！」

ユウナが陛下の言葉を遮って言いきった。ユウナの言葉を聞いた陛下は唖然《あぜん》とし、シャルロッテさんは歓喜の表情を浮かべる。どうやらシャルロッテさんは俺とユウナが結婚することに反対しているようだ。

陛下は慌ててユウナに問いかける。

「な、なぜじゃユウナ！　アレクはお主のことを好いておると言ったのじゃぞ？　お主と婚姻を結べることは光栄なことだと！　ならばアレクの気持ちは分かりきっておるであろうに！　なぜなのだ！」

「アレク様が光栄と仰られたのは、お父様達がいたからです！　圧力をかけて、有無を言わせない状況を作ったのでしょう？　そんなこととして私が喜ぶと思ったのですか？」

「そ、そんなことはないぞ！　ワシは普通に聞いただけじゃ！」

「普通？　一国の王に自分の娘と婚姻するのが嫌かと聞かれて、嫌と答えられる人間がいるとお思いですか？」

「そそ、それは……ワシは、ユウナが喜んでくれればと思って――」

「喜ぶわけないでしょう!!　お父様なんか、大っ嫌い！！！！！」

ユウナの叫び声が応接間に響き渡る。

俺は二人の会話をオロオロしながら見守っていてのだが、ユウナの言葉を聞いた陛下の瞳からゆっくりと光が失われていった。シャルロッテさんはユウナの後ろから小声で「そうだそうだ！」と呑気にはしゃいでいる。

俺は立ったまま動きを見せない陛下に近づき、呼吸を確認した。

「……!!　よかった！　まだ息がある！」

陛下は無事に一命を取り留めたが、最愛の娘に「大嫌い！」と言われたショックはあまりにも大きく、報告会はここで終了となり、メイドさんを残して俺達は応接間をあとにした。


「アレク様、申し訳ありませんでした。お父様のせいで大変なことになってしまって」

応接間から出たところでユウナが話しかけてきた。

頬をピンク色に染めながら恥ずかしそうに話しかけてくるユウナはなんとも可愛らしい。銀髪に紅の瞳、そして透き通るような白い肌。こんな可愛らしい女の子に俺のことを好いていると正面から言われてしまうと、なんだか照れてしまう。

「大丈夫ですよ。光栄と思っていたのは本心ですから。ですが、ユウナ様が仰っていたように、私も婚約とは双方の意思が大切だと考えております」

「そうですよね！　だからあの……私ともう少し仲良くなっていただけますか？」

上目遣いでそう尋ねてくるユウナ。俺は思わず頬を染めて後ろへ後ずさりする。

「そ、そうですね！　機会がありましたら是非！」

「本当ですか!?　やったぁ!!」

可愛らしくニコニコと笑うユウナ。そんな彼女を見て俺もクスリと笑ってしまう。

だがこの時の俺はユウナの笑顔に集中するあまり、シャルロッテさんの表情に気付けなかった。

俺を殺意の籠った目つきで睨んでいたということを。

■

ここは王都から、少し離れた場所。そんな場所のとある街の中に大きな屋敷が建っていた。その名もラドフォード公爵家本邸である。

カチャカチャと食器がぶつかる音だけが鳴り響く。二人の男女は静かに食事を進めていた。そんな中、突然、私――アリスは椅子から立ち上がり、机を力強く叩きながら叫び声を上げる。

「どうしてよ！！！　ユウナの病気が治ったんでしょ!?　だったら従姉《じゅうし》である私がお祝いに行かないなんておかしいじゃない!!」

私は食事中にもかかわらず、お父様に向かって叫んでいた。

六月半ばから、お父様に強制的に本邸へ呼び戻された私は、まともに外に出ることも許されず、ストレスが溜まっていた。そんな私の所に、八歳の頃から病気を患っていた従妹《じゅうまい》のユウナが元気になったという知らせが届いたのだ。一刻も早く彼女の見舞いに行かなければと思い、お父様についていくと進言してみたのだが。

「ダメだ!!　まだ王都の安全が確保されてない以上、アリスを連れていくことはできない！　それに、ユウナを見舞うついでにアレク君に会うのが本当の目的だろう？」

「そ、それは……」

お父様に私の真の目的を見透かされた私は、恥ずかしくなってしまい、頬を染めながらうずくまる。

確かにアレクに会いたいのが本音だが、ユウナの身を案じていないわけじゃない。従妹だからかもしれないが、傍若無人だった私にもユウナは優しく接してくれたのだ。

「アレクに会えなくても構わない！　外に出れなくてもいい！　だからユウナのお見舞いに私も連れてって！」

「ダメだ！　始業式には戻っていいと言っているんだ。それまで我慢しなさい」

「……」

結局反論することも叶わず、私は静かに椅子に座り直す。なぜこうまでして王都に戻りたいのか、それは屋敷に届いた手紙に書かれた内容にあった。

手紙は叔父様からで、そこにはユウナの病気が治ったことが事細かく書かれていた。そして、ユウナの病気を治すのに尽力したのがアレク・カールストンだということも。その功績を踏まえて、アレクを子爵に陞爵《しょうしゃく》したということも手紙には書かれていた。

この手紙を読んだ私は、喜ぶと同時にある懸念を抱いたのだ。アレクの爵位が子爵になったということは、公爵家の令嬢である私と婚約しても、なんら問題はないということ。

私は首に下げた、三日月のネックレスを眺めながらあの日のことを思い出す。

オークロードと対峙したあの日、アレクは私が言った「月が綺麗ね」の言葉に、こう返したのだ。

「そうだな。いつもより綺麗に見えるよ」と。

思い出しただけでも胸が熱くなる。フェルデア王国に伝わる告白の方法。女性からするなんてあまり聞かないけど、あの時の私はどうかしていた。夜空に光る月を見て、胸の奥にしまっていたはずの思いが、口から零れ出てしまったのだから。でも、私の告白にアレクはＯＫの返事を出してくれた。アレクが子爵になった今、私達の間に障害はない。そう思ったのだが、それと同時に、ユウナとアレクが関係を築いてしまった可能性が浮上した。

『鶏竜蛇《コカトリス》の呪い』という、奇妙な呪いに体を蝕まれていたユウナ。それを救うためにミクトラン山脈へ向かい、鶏竜蛇《コカトリス》を連れてきたというのだ。こんな呪いの名前を聞いたこともないし、鶏竜蛇《コカトリス》という存在も知らない。多分アレクが『鑑定』スキルを使ってユウナのステータスを見たんだ。私だけに教えてくれていたと思ったのにと、少し悲しい気持ちになってしまう。

そして子爵になったタイミングもおかしすぎる。いくら功績があるからといって早すぎはしないだろうか？　まさかとは思うけど、叔父様がアレクの力に気付いて、ユウナと婚姻を結ばせようとしてる可能性がある。その真偽を確かめるために、ユウナと会って話がしたいというのにお父様は許してくれなかった。

苛立ちながら食事を口に運ぶ私に、お父様は一通の手紙を寄越してきた。

「アリス、これを読みなさい」

そう言って手渡された手紙は、封蝋《ふうろう》でしっかりと閉じられていた。そこには見覚えのあるフェルデア王国の刻印ではなく、隣国の帝国の刻印が施されている。不思議に思いながら封を開け、手紙の中身を見ると――そこには身の毛もよだつ内容が記されていた。

私は思わず立ち上がり、表情を強張《こわば》らせ、手を震わせながら口を開いた。

「お父様……これって」

震える声でお父様に尋ねた。手紙の内容が嘘であって欲しい。そう願いながらお父様の顔を見つめる。しかし、真剣な眼差しで私を見つめ返すお父様を見て、私の希望は崩れ落ちていった。

「見合い話だよ。ノスターク帝国の第二皇子、ハロルド・ウィンブルトン殿下とのね」

改めてお父様の口から聞かされた内容。断るなんてできるはずがない。私の未来は決まってしまったのだ。ノスターク帝国とフェルデア王国の縁を結ぶため、この身を捧げるという未来が。

私の首元で、三日月が小さく光を放っていた。

まるで心に流れた涙を代弁するかのように。

■

二学期の始業式の日。

俺――アレクは久しぶりに歩く学園への道のりを歩いていた。

夏休みの間は鶏竜蛇村のことや屋敷のことで色々あって、かなり疲労が溜まってしまっている。その鬱憤《うっぷん》を今日からダンジョンにぶつけられると思うと、気分を上げずにはいられなかった。

「アレク？」

始業式会場へと足を進めていた俺の後方から聞き覚えのある女性の声がした。俺は懐かしい声がした方へと顔を向ける。そこには俺の友人、アリス・ラドフォードが立っていた。

「アリス！　久しぶりだな！」

「ええ、久しぶりね。元気にしてたかしら、アレク」

久しぶりにアリスに会えたことでさらにテンションが上がる俺に対し、なぜかアリスの表情はどこか暗く見える。俺と目が合うと、すぐにそれを逸らしてしまう。

「どうしたんだよアリス。何かあったのか？」

「別に何もないわよ。ただ……ううん、なんでもない」

そう言いつつも、アリスの顔は下を向いたままだった。そんな彼女の横顔を見ていると、あることに気が付いた。

「あれ、アリス。俺があげたネックレスどうしたんだ？　着けてないみたいだけど」

俺がアリスの誕生日プレゼントとして用意していた三日月のネックレス。月が綺麗ですね事件の際に渡したはずのネックレスなのだが、アリスは着けていなかった。あの日から肌身離さず着けていたし、嬉しそうにしていたからなくすといったことはないだろうが。

「……ごめんなさい。チェーンが切れてしまって、今は収納袋に入れてあるの」

そう言って謝るアリスは、どこか寂しそうな表情をしていた。

その表情に違和感を覚えた俺だったが、始業式の時間も迫っていたため、俺達は会場へ向かって歩き始める。

既に会場には生徒達も教師達も集合していた。俺とアリスはそのまま入場していく。

その後、滞りなく始業式が終わり、俺達はSクラスの教室に向かって歩いていた。アリスは今までのように俺の隣を歩いている。だがなんとなく、そこには分厚い壁があるように感じていた。

教室に入ると、俺達が揃って登校する姿を見た生徒達が羨望《せんぼう》の声を上げ始める。俺達はその声を無視して、各々の席に座った。

俺だって馬鹿ではない。アリスが少なからず俺に好意を持っているのは感じ取っている。勿論、それが異性としてということもだ。だからこの時も、アリスが落ち込んだ表情を見せたのは、俺と離れてしまったからだと思っていた。

周囲の生徒達はこの夏休みをいかに豪勢に過ごしたかを語り合っていた。他国に旅行に行ったとか、話題のレストランで食事を取ったとかそんな話ばかりだ。ユウナのことなどまるでなかったことかのように忘れ去られている。

「そういえば、アレクがユウナの病気を治してくれたんですってね。従姉妹《いとこ》としてお礼を言うわ。

本当にありがとう」

「運がよかっただけだよ。なんにせよユウナ様を救えてよかった」

俺とアリスがユウナについて話し始めた矢先、教室の扉が開いてハイデリッヒ先生が入ってきた。騒がしかった教室も静かになり、全員が自分の席に座っている。

「全員いるな。これより二学期についての説明を行う。一度しか言わないから聞き漏らすことのないように。いいな！」

威圧的な態度は相変わらずのようだ。ハイデリッヒ先生の一声で、教室の空気は一変し張り詰めた空気が漂い始めた。

「まず、一学期と変わらない点はダンジョン攻略についてだ！　アリス、アレクの両名以外はFランクダンジョンの攻略を優先しろ！」

俺とアリスは一足先にEランクダンジョンの攻略を始める。それと同時にスキル玉の回収をしなければならない。二年生の目もあるだろうから、なるべく人気《ひとけ》のない所で戦闘を行えるようにしないとな。

「次に、王帝武闘大会についてだが、今月末に選抜大会が行われる！　参加条件はBクラス以上の生徒であることで、パーティー枠についても同様だ！　奮って参加するように！」

話題が王帝武闘大会に移ると、静かだった教室にひそひそと声が飛び交い始めた。どうやら女生徒は大会参加には意欲的ではないらしい。男子どもは俺を血走った目で睨みつけている。一年生の個人戦参加枠があと一つしかなく、特例で認められた俺が憎いのだろう。

「なお、大会で結果を残した者については、卒業時に騎士団への推薦状を書くことになっている！　その道に進みたい者はこの一ヶ月死に物狂いで頑張ることだな！　何か質問はあるか？」

「先生！　選抜大会は前衛職も後衛職も関係なしで行われるのでしょうか！」

「当たり前だ！　この大会は純粋な個人の戦闘力で順位を決める！　まぁ団体戦は別物だがな」

ハイデリッヒ先生の発言に、ギラついていた男子数名がため息を零した。どうやらライオネル先生に教えてもらったことを忘れてしまっているらしい。まぁ彼らももう少し成長すれば自《おの》ずと気付くだろう。

「質問はないな？　それでは最後に二学期からこのクラスに入る、新入生を紹介する。皆拍手で迎えるように！」

新入生？　こんな時期に入学してくるなんて珍しいな。どんな子なのだろう。教室内が拍手で包まれる中、扉が開き新入生が入ってきた。

その子の姿を見た女生徒達は、羨望の眼差しを向け、男子生徒は鼻の下を伸ばし下品な笑みを浮かべた。

しかし、俺とアリスは二人とも空いた口が塞がらなかった。彼女が入学するとは思っていなかったのだから。

「皆様初めまして！　フェルデア王国の王女、ユウナ・ラドフォードと申します。皆様と共に励んでまいりますのでどうぞよろしくお願いします！」

ユウナの自己紹介が終わると、教室内に溢れんばかりの歓声が湧き上がった。

「ユウナ様だ！　まさか同じクラスになれるなんて！」

「お美しい……紅の瞳が宝石のようだ！」

「誰とパーティーを組むんだ？　も、もしかして僕か？」

「馬鹿お前！　僕に決まってんだろ！」

残念だが君達ではないだろう。壇上に立つユウナの瞳は俺を見つめている。周囲の生徒にバレないように、腰元で手を小さく振ってきた。

「静かにしないか！　ユウナ、君の席はアレクの後ろだ。席に座りたまえ」

「はい！」

俺の後ろの席には既に別の男子が座っていたはずだが。そう思い後ろへと振り向くと、彼はさらに後ろの席へと移動していた。こんな横暴《おうぼう》したら不満が出るじゃないか。しかし、彼は満面の笑みでユウナを見つめている。

「絶対何かしただろ……」

俺は小さく呟く。

ユウナは間違いなくなんらかの力を働かせた。貴族だからといって容赦しないと言っていたハイデリッヒ先生だが、流石に王族の一声は無下にもできないのだろう。

俺の後ろにユウナが座り、ハイデリッヒ先生が一言喋ったあと、ホームルームは終わった。

今現在、俺達は食堂にやってきているのだが、なぜか男子どもが会議を行っていた。内容は俺をどうやって殺すかというもので、有力候補は毒殺らしい。

王女と公爵家令嬢に囲まれて食事を取ってる奴がいたら誰でもそうなるだろう。俺だって男子どもの気持ちも分からなくもない。

「それで、ユウナは私達とパーティーを組むってことでいいのね？」

「はい！　アレクと冒険をするのが夢だったんです!!　アリスお姉様ともご一緒できるなんて、正に夢見心地です！」

「そうね。私も貴方と一緒に冒険できるのが楽しみだわ。そうと決まれば、昼食を取り終えたら先生の所に向かいましょう！　パーティー申請をしに行かないとね！」

「はい！」

本当の姉妹かのように楽しそうに会話をするアリスとユウナ。ユウナは以前と見比べて、表情もかなり明るくなっている。アリスも先ほどまで時々落ち込んだような表情を見せていたが、ユウナの笑顔に当てられたのか明るく見える。

「そうなるとFランクダンジョンからやり直しだな。ユウナ様は経験も少ないし実力も未知数ですから！」

本当はステータスを鑑定しているので、ユウナの実力はハッキリしている。正直Sランクに入学できるようなステータスではない。レベルは3だし、僧侶《そうりょ》という職業のことを差し引いても、ステータスは低い。

まぁ俺とアリスがいればFランクダンジョンの攻略は簡単にできるだろうが、まずはユウナのレベル上げが先だな。早めにEランクダンジョンに挑戦できるようにしないと。

俺が今後について考えていると、ユウナが不満げそうな顔をして俺を見つめてきた。

「どうしました？」

「なぜユウナと呼んでくれないのですか！　アリスお姉様のことはアリスと呼ぶのに！」

「それはあまりにも無礼ですので。貴女はフェルデア王国の王女様なのですから」

どうやら、俺がユウナと呼ばないことが不満らしい。だがユウナとは公の場や周囲に他の人がいる場では敬称を付けて呼ぶと約束したはずだ。アリスについては昔からの仲というものがある。それに今さらアリス様と呼ぶのもなんだかむず痒《がゆ》い。

「ここはウォーレン学園です！　貴族だから王女だからと言って公平に接しない方が無礼ですよ！」

「落ち着きなさいユウナ。少しは周囲を見てから発言しなさい？　ダンジョンに挑むようになれば嫌でも呼び捨てになるわよ」

「アリスお姉様はいいですね‼　アレクと仲がよくて！　私は仲間外れということですか……」

め、面倒くさすぎる。時と場合というものを少しは考えてくれ。ユウナはアリスと違って冷静に物事を判断できる子だと思ってたのだが、どうやら従姉妹は似ているらしい。

「別にアレクとは普通よ？　一緒にダンジョンに潜ったり野営したり、そういえば二人きりで夜空に浮かぶ三日月を眺めたこともあったわ。でもそれだけの関係よ？」

なぜかユウナに勝ち誇ったような笑みを浮かべるアリスさん。

頼むからもうやめてください。その話は私の黒歴史なんです。知らなかったとはいえ、アリスに愛の告白をしてしまったのは紛れもない事実だが、それを蒸し返されて平気でいられるほど俺のメンタルは強くない。

「……どういうことですか？　アレク様」

ユウナの声のトーンが下がる。穏やかな空間だったこの場所が、一瞬にして地獄の門の前に立っているかのような空気に変わる。

俺は黙って下を向いた。

どう説明したらいいのか。アリスを傷つけずに、ユウナも傷つけないように話さなければならない。しかしアリスがまたもや口を開き、さらなる追い討ちをかけ始める。

「壊れちゃったけど三日月のネックレスももらったのよ。『月がいつもより綺麗に見えるよ』って言ってくれたの！」

ピシッ。

そんな音が鳴った気がした。

「アレク様？　お顔を上げてくださいますか？」

「はい。なんでしょうか」

「どういうことか説明してくださいますか？　まさかアレク様はお姉様にプロポーズしておいて、私とも婚姻を結ぼうとしたのですが？」

「いやーなんというか。月のことに関しては知らなかったと言いますか……」

なんとかこの場を凌ごうと言葉を濁そうとするも、今度はアリスが睨みつけてきた。

「じゃあアレクは私のことが好きじゃないってこと？　あの日の出来事も全部嘘だったの？」

「いや、それはなんというか。アリスと見た月は間違いなく綺麗だったし。でも月が綺麗っていうのを告白だとは思わないだろう？」

「アレク様！　お姉様と見た月が綺麗って仰ってるじゃありませんか！　お姉様もなんとか言ってください！　まさかお二人は、こ、婚約してるんじゃありませんよね！」

ユウナがテーブルを力強く叩き、食器が一瞬宙に浮く。周囲で談笑していた生徒達も俺達の騒ぎが気になったのか、視線をこちらに向け始めた。

俺はユウナに問い詰められているアリスの方へ目を向ける。

アリスは俺の瞳を見つめて微笑んだあと、ユウナに向かって笑いかけた。

「冗談よ冗談。私がこんなナヨナヨした男と婚約するはずないでしょ？　戦闘はできるけど、女性の扱いを分かっていない奴なんだから！　そんなことより先生のところに行くわよ！　ほら、さっさと食べなさい！」

そう言って自分の食事を口に運び始めるアリス。ユウナもアリスの言葉を信じたのか、俺の方を一瞥したあと食事を取り始めた。

俺はというと、アリスの放った言葉に動揺していた。そしてその動揺が、俺自身が彼女に向ける感情が一体なんだったのかを理解させた。

アリスは間違いなく俺に好意を向けていたはずだ。ミーリエン湖で月を見上げたあの日、もし俺が嫌いだったら俺の返事に何か言い返していたはずだ。それがないということは、アリスは俺のことを好いてくれている。

そう思っていたのだが、もしかして見当違いだったのか？

(だとしたら恥ずかしすぎるだろ……。自意識過剰かよ俺)

あまりの恥ずかしさに体温が上がるのを感じる。身悶《みもだ》えするのを我慢しながら食事を口の中に入れ続け、俺は一足早く食堂をあとにした。

■

「ふわぁー。最高の朝だ!!」

ウォーレン学園の始業式を無事に終え、アリスとユウナと再会し、食堂での修羅場《しゅらば》を乗り越えた俺は一人で気持ちいい朝日を浴びていた。

「さて、早く飯食って訓練場に向かうとするかー」

今日はユウナの実力を測るために訓練場に向かう予定になっている。回復魔法の効果や、個人での戦闘力などの確認だ。勿論病み上がりということも考慮して、簡単な訓練にする予定である。

顔を洗い、食事をサッと済ませて制服に着替えた俺は部屋をあとにして訓練場へと向かっていった。

訓練場に着くともう既に二人が待っていた。アリスは一人で剣の訓練をするからと言って、俺達から離れた場所で素振りを始めてしまった。

仕方なく俺は二人きりでユウナとのスキル確認を始める。

「じゃあユウナ、早速だけど始めようか！」

「はい！　まず何をすればいいのでしょうか？」

「まずは軽い準備運動から始めよう。体をほぐして怪我《けが》のリスクを下げるんだ。それが終わったら使えるスキルの確認だな」

「分かりました！」

こうして、俺とユウナの訓練が開始した。彼女は呪いが解けてからまだ一ヶ月しか経っていない。その辺を考慮して、ゆっくりと準備をしていかなければならない。

「まずは訓練場をぐるぐる歩こう。その後早歩き、ジョギング、ダッシュって感じで。キツくなったらすぐに言ってくれ」

「分かりました！　始めましょう！」

ユウナはそう言うと、スタスタと訓練場を歩き始めた。俺も彼女の隣へ歩み寄り、同じ速度で歩いて回る。十分ほど歩いて回ったが、ユウナは息を切らすこともなく平然としていた。

その後、早歩きからジョギングへとスピードを速くしたのだが、ユウナはジョギングで息を切らし、膝に手をついてしまった。

「はぁ、はぁ、はぁ」

「大丈夫か？　とりあえず準備運動はこの辺にして、スキルの確認を始めよう」

「は、はい。ごめんなさい、全然動けなくて……」

「大丈夫さ！　これから徐々に動けるようになればいい！　それに、まだリハビリ中なのにそれだけ動けるなんて大したもんだ！」

実際、ユウナは俺の予想以上に動けていた。早歩きでギブアップするかと思ったが、ジョギングもある程度のところまでは走れていたのだから。これなら、レベルを上げてステータスを上昇させれば、予定より早くEランクダンジョンに行くことができる。

ユウナが落ち着きを取り戻したあと、俺はユウナと共に地面に座り込み、スキルの話をし始めた。

ユウナが使えるスキルは『初級回復魔法』と『結界』である。前者については使い方等分かっているが、後者はよく分からない。

「俺達のパーティーはユウナが入ったことで構成がだいぶ変わる。今までは俺が後衛を務めて、アリスが前衛を務めていたけど、今後は俺とアリスが前に出る。ユウナは後方から魔法で支援をしてもらいたい」

「分かりました！　でも、私が使える回復魔法は小回復と解毒だけです……骨折とかは治せないと思います」

「まぁ回復魔法は使わなくても済むと思う。問題はユウナがレベルを上げるためにはどうすればいいのかだ。モンスターに攻撃を与えなければ、戦闘に関与したと見なされない可能性もある」

俺が懸念していたことを口にすると、ユウナは少し悲しそうにして俯いてしまった。今後はユウナも自衛ができるようになってもらわなければ困る。俺とアリスが常に守ってやれるわけではないのだから。

そのためにもレベル上げは第一優先事項に当たる。ステータスの上昇により防御力が高まれば、必然的に死ににくくなるからだ。

どうすれば経験値が入るのかは分からないが、モンスターにダメージを与えれば確実に入るだろう。そのためにユウナには攻撃手段を手に入れてもらわなければ困る。

「ユウナはモンスターを倒したことはあるか？」

「昔ですけど数回あります。騎士団が弱らせたゴブリンに剣を突き刺しただけですけど……」

「そうか。まぁ未経験じゃないだけよかった」

確かに、俺とアリスが一体だけ弱らせてユウナにトドメを刺させる方法もある。しかし、それだと効率が圧倒的に悪すぎる。

それに、ユウナをパーティーに入れることで発生するデメリットが一つある。

それは俺の『解体』スキルが使えなくなることだ。さらに付け加えれば回復魔法も使えなくなってしまう。アリスは「契約者」として俺のすべてを知っているから問題ない。だが、ユウナにすべてを教えるのには時期尚早《しょうそう》な気がする。

勿論ユウナを「契約者」にしてしまうことも考えたが、その結果、俺の情報が陛下に渡ってしまうのが怖いのだ。何より、アリスに申し訳ない気がする。

「どうすればよいでしょうか……。私、アレク達の邪魔になってしまいますよね……」

「別に邪魔ではないよ。ただ、ユウナの安全を考えながら攻略を進めていかないと。死んだら元も子もないからね」

「そうですけど、アレクとアリスお姉様は武闘大会にも出場なさるのでしょう？　でしたらこんな所で足踏みしている暇はないです。私は、もう少し体力を付けてからダンジョンに挑みますから！」

ユウナは顔を上げてニコリと笑う。無理して笑みを作っているのが見え見えだ。彼女がどれだけこの日を待ち望んでいたか、俺には分かる。呪いにかかり、自由に体が動かせなくなってから、毎日のように夢見ていた外に出れたのだから。

背に腹はかえられないな。効率度外視でユウナを安全にレベル上げするしかない。俺が覚悟を決めて、ユウナに話そうとしたその時――

「『契約者』にすればいいじゃない」

一人で剣の稽古《けいこ》をしていたはずのアリスの口からとんでもない言葉が出てきた。俺は瞬時にアリスの方へ顔を向ける。

「アリス、お前！　なんで勝手に言っちゃうんだ！」

「ユウナは信用できるからよ。私の従姉妹で、私と同じ気持ちだから。それに、『契約者』になった方がユウナの身を守れるならその方がよいでしょ？　それに、教えておかなきゃアレクのスキルも使えないでしょ？　遅かれ早かれユウナには教えることになるんだから」

「そうだけど……」

アリスと俺の会話を聞いていたユウナはキョトンとした表情をしている。アリスが信用しているなら、ユウナはきっと俺の情報は漏らさないだろう。それに、アリスが「契約者」と口にしてしまった以上、誤魔化《ごまか》すのは難しいしな。

「はぁ……分かった。ユウナ、これから教えることは秘密にしてくれ。俺のスキルについてのことなんだ」

「わ、分かりました！」

俺は周囲に人間がいないのを『探知』スキルで確認したあと、ゆっくりと語り始めた。『解体』

のこと、スキル玉のこと、「契約者」のこと。ユウナは驚いていたが、真剣に聞いてくれた。そしてそのすべてを語ったあと、ユウナに「契約者」になって欲しいと告げた。

「俺の『契約者』になって欲しい。そうすればユウナの身を守れる」

「分かりました……足手まといにはなりたくありませんから！　それにお姉様だけ特別ってのも嫌ですし……」

「え？　なんだって？」

「なんでもありません！　とにかく、私も『契約者』になります！　それでいいです！　アレクのことも一切他言しません！」

「あ、ああ。それで頼む」

「よかったわね、ユウナ。これからはお願いね？」

アリスはユウナにそう告げると、稽古の場へ戻っていった。

俺は自身を鑑定してステータスを確認する。アリスの時と同じように、【契約者】の欄にユウナ・ラドフォードの名が追加されていた。これでユウナにスキル玉を使うことができる。

俺は周囲の視線に警戒しながら、ユウナにスキル玉を使っていった。

よかった。これで心置きなくアレクの元を去れる。「契約者」として、アレクには殆ど何もできなかったけど、ユウナなら信用できる。

だって私――アリスの従姉妹なんだから。

私と同じように、アレクを好きなのが分かる。

私の方がアレクのことを愛しているけどね。

アレクの特別が私だけじゃなくなるのはちょっと悔しいけど、仕方ない。

「私はもう、貴方の側にいれないのだから……」

■

ユウナが俺――アレクの「契約者」になってから二日が経過した。

昨日は三人でネフィリア先生の所へ顔を出した。久しぶりの挨拶と、ユウナにダンジョンの仕組みを講義してもらうためだ。

久しぶりに会ったネフィリア先生はかなりやつれていた。どうやら、武闘大会で使用する結界の準備が難航しているらしい。なんでも、エミル先生が時々姿を消してどこかへ行ってしまうとのこと。帰ってきた時には酒の匂いがプンプンしているそうだ。

俺達はネフィリア先生の愚痴《ぐち》を聞いたあと、ユウナと共にダンジョンの仕組みについて再び講義を受けた。初心に戻るというのは大事なことで、俺達は気持ちを引き締めることができた。

その翌日。

俺はアリスとユウナと共にFランクダンジョンに来ていた。

「何してるの？　さっさと行くわよ」

「き、緊張してきました……」

俺の代わりに受付をしてくれたアリスが、そう声をかけながらダンジョンの入り口に向かって歩き始めた。ユウナも初めてのモンスターとの戦闘に緊張している様子だ。ここでひとまず全員のステータスを確認しておくとしよう。

【名前】アレク
【種族】人間
【性別】男
【職業】解体屋
【階級】カールストン子爵
【レベル】50（852234／1563900）
【HP】3600／3600

【魔力】４０００／４０００
【攻撃力】Ａ＋
【防御力】Ａ
【敏捷性】Ａ
【知力】Ａ
【運】Ａ＋
【スキル】
言語理解
収納
鑑定
上級水魔法（３００／１５００）
上級火魔法（３５０／１５００）
上級風魔法（９００／１０００）
上級土魔法（１２３／１５００）
上級回復魔法（１１０／１５００）
魔力上昇（中）（７４３／７５０）
攻撃力上昇（中）（６０７／７５０）

防御力上昇（中）（500／750）
敏捷上昇（中）（672／750）
探知（大）（158／1000）
脚力上昇（大）（124／1000）
上級剣術（54／1500）
上級棒術（75／1500）
上級槍術（43／1500）
中級斧術（1／1000）
初級弓術（3／500）
毒耐性（中）（20／750）
物理耐性（大）（1／1000）
魔法耐性（中）（1／750）
威圧
剛力
凶暴化
使役
統率（中）（1／500）

【エクストラスキル】
解体【レベル】３（24／30）
【契約者】
アリス・ラドフォード
ユウナ・ラドフォード

これが現在の俺のステータスである。

まぁオークロード討伐から『解体』スキルを使う暇はあまりなかったので、全くと言っていいほどスキルの増加はしてない。たまにスキル玉を整理しながら使ったのが増えているくらいだ。

オークロードを討伐して、グレンとの戦闘を経て俺のステータスから「Ａ－」の文字は消えた。

かと言ってＳに到達しているものもないのだが。

次はアリスのステータスだ。

【名前】アリス・ラドフォード
【種族】人間
【性別】女
【職業】剣聖

【階級】ラドフォード公爵家令嬢
【レベル】28
【HP】2500／2500
【魔力】1300／1300
【攻撃力】A＋
【防御力】B－
【敏捷性】A－
【知力】B－
【運】B－
【スキル】
上級剣術
縮地《しゅくち》
【オリジナルスキル】
漆黒《しっこく》の鎧《よろい》

俺とダンジョン攻略をしたり、オークロードを討伐したりしたことによって、アリスのレベルは28まで上がっていた。アリスは「契約者」にはなっているものの、スキル玉を受け取っていないの

で、スキルは増えていない。だが、これだけステータスが高ければダンジョン攻略には差し支えないだろう。

そして問題はユウナである。

【名前】ユウナ・ラドフォード
【種族】人間
【性別】女
【職業】僧侶
【階級】フェルデア王国　王女
【レベル】3
【HP】600／600
【魔力】900／900
【攻撃力】F＋
【防御力】E－
【敏捷性】F－
【知力】D－
【運】D＋

【スキル】
初級火魔法（1／500）
初級回復魔法
魔力上昇（小）（1／500）
攻撃力上昇（小）（1／500）
防御力上昇（中）（1／750）
初級剣術（1／500）
物理耐性（小）（1／500）
結界

ユウナには防御力の上昇を最優先にスキル玉を与えた。さらに、自衛のために『初級火魔法』と『初級剣術』のスキルも与えている。

そして、ユウナにスキル玉を与えた時に気付いたことがある。それは「スキル玉を与える前に所持していたスキルには干渉することができない」ということだ。

先日、ユウナの回復魔法を初級から中級にしておこうと、ヒールスライムのスキル玉を与えようとしたのだ。だがスキル玉はユウナの体に入っていかなかった。まだ確定したわけではないが、おそらくスキル名に数字がないものに関しては、スキル玉で干渉することはできないだろう。つまり、ユウナには自力で回復魔法をランクアップしてもらうしかないのだ。

「とりあえずゴブリンを探しましょう！　ユウナはいつでも魔法を放てるようにしておきなさい！」

「はい！　アリス姉様！」

ダンジョンの中へ侵入した俺達は、アリスが言ったように、まず初めにゴブリンを探すことにした。理由は勿論、ユウナに戦闘経験を積ませるためである。

俺は『探知』スキルを発動させて周囲の状況を確認していく。できれば誰にも見られずに、戦闘を行いたいのだ。ユウナの職業が僧侶である以上、火魔法を使っているところを他人に見られるのはなるべく避けたい。

「この先の分かれ道を右に曲がろう。そうすれば生徒はいないし、いるのはゴブリンだけだ」

俺の指示を聞いたアリスはコクリと頷くと、周囲に気を配りながら前に進み始めた。ユウナはアリスの後ろにピタリとくっ付いて同じペースで歩いていく。

「この先に三体のゴブリンがいる。俺とアリスで二体を倒すから、ユウナは残った一体を狙ってくれ」

「分かりました!!」

「大丈夫よ、ユウナ。アレクがいれば、怪我することなんてないだろうから！」

「はい！　心配してません！　アレクのこともお姉様のことも信頼していますから！」

アリスの言葉によりユウナの顔から緊張感が消える。動きは少し固いようだが、このくらいがちょうどいいだろう。気を緩めすぎても怪我の元だからな。

それから分かれ道を右に曲がり、俺達はゴブリンの元へと進んでいった。そのまま真っすぐに進んでいくと、目の前から醜悪な姿をした三匹のゴブリンがやってきた。

「ギャアダァ！」

「アリス！」

ゴブリンが雄叫びを上げるのと同時に、俺はアリスの名を呼んだ。アリスは腰に携えていた剣を鞘から引き抜き、右端のゴブリン目掛けて飛び込んでいく。

「はぁぁぁ！」

アリスの剣が一体のゴブリンの首を刎《は》ね、他の二体が狼狽《うろた》えている間に、俺は左端のゴブリンへ魔法を放った。

「『火矢《ファイヤーアロー》』！」

三本の火矢がゴブリン目掛けて飛んでいき、ゴブリンが避ける間もなく、奴の体を火だるまにした。残すは真ん中に残ったゴブリンだけである。

「今だユウナ！　放て！」

「はい‼」

ユウナは初めてのゴブリンとの対峙にも臆することなく、自分の右手のひらを奴に向け魔法を放った。

「『火球《ファイヤーボール》』！」

■

ダンジョンに入ってから約半日が経過した。ユウナも初めての戦闘からは見違えるほど動きがよくなっている。

「『火球《ファイヤーボール》』！」

ユウナの右手からゴブリン目掛けて火球が飛んでいく。見事にゴブリンの頭に命中し、ゴブリンの命は儚く散っていった。

「だいぶ慣れてきたなユウナ！　あとはレベル上げと回復魔法の階級を上げられれば文句なしだ！」

「はい！　アレクにもらった火魔法のおかげです！　杖なしでも魔法が放てるなんて、反則ですよ！」

ユウナが言った通り、俺がユウナに与えた火魔法は杖なしでも発動することができる。これもスキル玉が与えた恩恵なのだろうか。いずれにせよ、ユウナの身を守るにはありがたい結果であった。

「アレク、早く解体しないと消えちゃうわよ？」

「そうだった。ありがとうアリス」

ユウナと会話をしていてすっかり忘れてしまっていたゴブリンの解体。俺は小走りでゴブリンの亡骸《なきがら》に駆け寄ると、『解体』スキルを発動させた。

今回の戦闘で倒したゴブリンは四体。それぞれを解体していき、合計十二個のスキル玉が手に入った。

「何個手に入ったの？」

「十二個だ。やっぱり、俺がダメージを与えずに倒した敵であっても、二人が倒すか俺が戦闘に関与していればスキル玉は手に入るみたいだ」

「やったじゃない！　これでユウナとアレクがどんどん強くなるわね！」

スキル玉が沢山手に入ったことを喜ぶアリス。二人が「契約者」になってくれたおかげで、スキル玉収集の効率は三倍にもなった。今は相手がゴブリンであったため、手に入るスキルも『初級剣術』などだが、塵《ちり》も積もれば山となる。

「ユウナが嫌でなければ、このスキル玉はユウナに使おうと思う。これから先、高ランクダンジョンに行くためには強くならなきゃいけないからな！」

「嫌じゃありません！　アレクが使っていいと言うのなら、私は喜んで使いますよ！」

ユウナはそう言って俺の手からスキル玉を一つずつ手に取っていき、体内へと取り込んでいった。

すべてのスキル玉を取り込み終えると、俺達は今後の作戦会議をするべく、地上へ戻ることにした。今回の目的はユウナに実戦経験を積ませることであり、その目的は果たされた。今後はＦランクダンジョンの攻略を目標に行動する必要がある。

「ダンジョンの攻略は一日ではできない。移動に時間もかかるし、戦闘も疎かにはできないからな。今後はユウナを主体に戦闘していくつもりだ！」

「わ、私ですか？　アリスお姉様でもよろしいのでは？」

「何言ってんの。私とアレクは既にこのダンジョンを攻略済みなのよ？　ユウナが自力で攻略できなきゃ自分のためにならないでしょ？」

「そういうことだ！　サポートはするから、なるべく一人で頑張ってくれ！」

「わ、分かりました！　私、頑張ります！」

俺がユウナを主体でFランクダンジョンを攻略する理由。それはアリスが言った通り、ユウナのためにならないからというのもあるが、本当の理由は別にある。

それは、ユウナに「壁」を超えてもらわなければならないということだ。

ユウナの『初級回復魔法』は、俺のスキル玉で強化することができない。今後のことを考えると、初級では心許《こころもと》ないのだ。『中級回復魔法』になってくれれば、骨折レベルの怪我でも回復することができる。

「壁」がどういったものかは分からないが、おそらく自分自身の限界を超える必要があるのだろう。そのためにはFランクダンジョンのボスである、ゴブリンジェネラルを倒させるのが手っ取り早いと思ったのだ。

「そういえば、アリスお姉様はなぜアレクのスキルを使わないのですか？　全員が強くならなければ、高ランクダンジョンを攻略するのは難しいと言っていたではないですか！」

ユウナは気になっていたのか、目の前を歩くアリスに問いかける。アリスはユウナの方へ振り返ることもなく、淡々と答え始めた。

「私が強いからよ？　オリジナルスキルもあるし、『上級剣術』も持っている。足手まといにはならないでしょ？」

「そうですけど……強くなれる機会があるならそれを使うのは別に問題ないのでは？　アレクもそう思うでしょ？」

ユウナの問いかけに、俺は答えが出なかった。アリスが俺を拒んでいるかもしれない、そう思ったからだ。アリスへの好意に気付いた途端、彼女に嫌われるのが怖くなってしまった。スキル玉を使用するのが嫌だという理由が、俺のスキルから生み出されたものだからだとしたら、かなりショックを受けてしまう。

「アリスは、強いからな」

やっとの思いで口から出たのは、アリスの理由を肯定するものだった。自分が原因ではないと、自分自身で肯定するために。本当はアリスにも使ってもらいたい。そうすればより安全に攻略を進められるのだから。

「ね？　アレクがそう言ってるんだからよいでしょ？」

「お姉様がそれでいいならよいですけど……」

地上に戻った俺達は受付へ向かう。ダンジョンで手に入れたゴブリンの魔石を買い取ってもらったあと、学園の出口に向かって歩きだした。

「もうすっかり日が暮れてますね！」

「ダンジョンの中だと時間経過が分かりにくいからな。時計は必須だぞ！」

「じゃあ明日は買い物に行きましょう！　時計を買うついでに市場に行って食材を買ったり、ポーションを買ったり！　ダンジョン攻略には必要ですもんね！」

「いや、それは俺がやるからいいよ。そもそも、ユウナは王女だぞ？　護衛も付けずに市場に買い物なんて行けるわけないだろう」

　俺がそう言うとアリスも同意してくれた。

「そうね。明日は私とアレクで買い物に行ってくるから、貴方はお城でお留守番してなさい」

「そ、そんな!!　アリスお姉様だけずるいです！　私だってアレクと一緒にお買い物したいです！」

「ダメったらダメよ。私が叔父様に怒られちゃうもの。明日は私とアレクで買い物に行ってくるから。アレクも、明日は十時にギルド前に集合よ？」

「分かった」

　俺の返事を聞いて、アリスは笑ってみせた。以前と変わらない、アリスらしい笑顔。夕陽に照らされているせいか、顔がオレンジ色に染まっていく。以前と変わらないその笑顔が、なぜか俺には悲しそうに笑っているように見えた。

「アリス？　大丈夫か？」

「え？」

「いや、いつもと違う感じがしたから。気のせいだったらすまん」

「……気のせいよ。それじゃ明日ね？」

そう言ってアリスはユウナの手を引っ張って、門の方へ歩いていった。駄々《だだ》を捏《こ》ねるユウナの腕を引っ張り、馬車に乗り込んでいく。

「気のせいか」

馬鹿な俺は彼女の言葉を鵜呑《うの》みにしていた。

■

今日はアリスと二人きりでお買い物。久しぶりということもあり、なんだか緊張してしまっている。集合時刻よりも三十分ほど早くギルドに到着した俺は、身嗜《みだしな》みを整え最終チェックをこなしていた。

「ヤバいな……今まで服装とか気にしてなかったのに。制服の方がよかったかな？」

今日は、以前購入したダイアウルフのロングコートに身を包んでいる。アリスに好意を抱いていると自覚してしまったせいで、変なところにも気を遣ってしまうようになった。

「流石に三十分前はちょっと早すぎたか」

「そうね、私の方が早く着くと思ってたわ」

懐中時計に視線を落とし、時刻を確認しているとアリスの声が聞こえた。

驚いて周囲を見渡すと、微笑むアリスが見えた。アリスもいつもの服装とは違い、スカートを穿《は》いてきている。なんというか、普通の女の子だ。

「お、おうアリス。お互い早く着きすぎたな！」

アリスが予想外の服装で声をかけてきたため、俺は慌てながら返事を返す。

「そうみたいね。まぁちょうどいいんじゃない？　さっさと買い物終わらして、昼食でも食べに行きましょ？」

「そうだな！　じゃあ早速サンフィオーレ魔具店に向かうか！　ハイポーションと解毒ポーションを買おう！」

俺がアリスに声をかけ、一人で歩き始める。すると、後ろから俺の手をアリスが掴んできた。

「うぉえ？」

突然のことに驚き、後ろを振り返る。アリスは俺と目が合うと恥ずかしそうに顔を逸らしながら、ポツリと呟いた。

「……迷子《まいご》になったら……危ないから」

アリスの俺の手を握る力が一層強くなる。

アリスの言葉は正直全く理解できない。今俺達が買い物に来ている場所は王都の街中であり、何度も足を運んでいる場所だ。そんな所で迷子になることなどあり得ないだろう。

「そうだな！　迷子になったら危ないもんな！」

だが俺はアリスの提案に乗った。アリスと手を繋いでデートしている気分を味わえるのだ。わざわざ卑屈になって、正論を述べる必要もないだろう。


それから俺達は手を繋いで、たわいもない話に花を咲かせながら、サンフィオーレ魔具店まで歩いていった。いつもより、歩くペースは幾分遅い。この時間が長く続いてくれるように。

「そういえば、夏休みは何してたんだ？」

「ずっと屋敷の中にいたわよ！　お父様ったら過保護なんだから！　アレクは私がいなくなってから何してたの？　随分活躍してたみたいだけど」

「色々と大変だったよ。狂人と戦ったり、鶏竜蛇《コカトリス》と仲良くなったり。一番は子爵になったことだけど、目まぐるしい日々だったのは確かだよ」

「何よそれ！　私なんて剣の鍛錬くらいしかやることなかったのに……」

「ははは！　これからはまた一緒にいれるんだから。鶏竜蛇村にも連れていきたいし！　鶏竜蛇《コカトリス》との触れ合いもできるんだ！」

手を繋いだ時はどうなることかと思ったが、暫く歩くと普段と変わらずに話せるようになってきた。アリスはこの数ヶ月、途方もないほど暇だったのだろう。これからは俺とユウナとアリスの三人で楽しい時間を過ごさせてやらないとな。

「あ……」

楽しい時間はあっという間に過ぎていく。サンフィオーレ魔具店の看板を見つけたアリスは小さく呟くと、そっと手を離そうとしてきた。俺はアリスの手が離れないように、彼女の手を再び握る。

「ほら！　今日もめちゃくちゃ混んでるぞ！　早く並ばないと品切れしちゃうかもな！」

「うん……そうね！」

アリスは何も言わなかった。ただ買い物を終わらせて店を出るまでの間、アリスの右手が俺の左手から離れていくことはなかった。

それから、無事に買い物を終わらせた俺達は街中にある洒落《しゃれ》たレストランで昼食を取っていた。

「お昼食べたら市場に行って食材の買い出しだな。できたら調味料も買いたいし」

「そうね。寝具はどうするの？」

「俺はベッドを持ってくつもりだ。二つ持ってけば三人でも寝泊まりできるだろ？　睡眠はしっかり取らないとな」

「それもそうね。Fランクダンジョンを攻略したら次はEランクダンジョンを攻略するつもり？」

「そのつもりだ！　スキル玉を効率よく集めたいし、早くEランクダンジョンを攻略してDランクダンジョンに行きたいからな！」

「そう……私はゆっくりでもいいわよ？　ユウナもまだ戦闘に慣れてるわけではないし、他の一年生と離れすぎるのもどうかと思うわ」

俺は思わず食事を食べていた手を止めて、アリスの顔を見つめてしまった。

なんだかアリスらしくないことを言う。ユウナについては分かるが、他の一年生と離れすぎるのがよくない？　そんなこと言う子だったか？

「他の生徒は関係ないだろ？　俺達は三人でパーティーを組んでるんだからさ」

「……そのことについて、どうしてもアレクに言わなきゃいけないことがあるの」

アリスの手も止まり、二人の空間に静寂が訪れた。口から心臓が飛び出てしまいそうなほどに鼓動が激しくなっていく。

今からアリスが口にする言葉を聞きたくないと、本能が語っていた。その言葉を耳にしてしまえば、何かが崩れ落ちてしまうと。直感的に感じていたのだ。

「私は王帝武闘大会を最後に、この国を出て帝国に行くことになったのよ。ノスターク帝国第二皇子、ハロルド・ウィンブルトン殿下と婚姻を結ぶために」

悲しげに微笑むアリス。

彼女が告げた言葉を理解したのは、目の前に置かれたアイスが完全に溶けてしまってからであった。

■

アリスが帝国に行ってしまう。

その事実を聞かされてから、俺の心にぽっかりと穴が空いてしまった。何をするのにもやる気が出ないのである。

「アレク！　解体しなくてもいいの!?」

アリスとの買い物から一日が経過し、俺とユウナとアリスはFランクダンジョンを訪れていた。

ユウナが指示を出し、俺とアリスがそれに従い行動する。一昨日まではそのつもりだったのだが、戦闘が始まっても、俺はぼんやりしていた。

「あ、ああ。今行くよ」

アリスに促され、俺はゴブリン達の死骸へ歩み寄っていく。いつものように解体を終わらせて、スキル玉を回収し、ユウナに手渡す。ダンジョンに潜ってから数時間が経過し、時計の針は十九時を回っていた。

「今日はこれで終わりにします！　予定していた休憩場所で食事を取って、明日の朝には攻略を再開しましょう！」

「そうしましょう。アレクもそれでいいわよね？」

「あ、ああ。問題ないよ」

ユウナの指示通り、俺達は予定していた休憩場所まで移動を開始した。いつもなら先頭を歩くのは俺だが、今日は二人のあとに続くような形で歩を進めている。足取りは重く、気付かぬうちに二人との距離が離れていく。

思い返してみれば、俺がプレゼントしたネックレスを着けていなかったのも、別の理由だったのだろう。皇太子のお嫁に行くというのに、他の異性からもらった物を身に着けていたら、不快に思われてしまうもんな。

今となっては俺の想いも、アリスに伝えることはできない。アリスが帝国に行くのを止めることは不可能に近く、俺がアリスに想いを伝えたところで、なんの得にもならないからだ。あと二ヶ月一緒にいられるだけでもよかったと思うべきなのだろう。

「ちょっとアレク！　早く来なさいよー！」

アリスの声が聞こえる。予定していた場所に到着したのだろう。俺は重い足を引きずるかのように、二人の元へと急いで行った。


「んーーー!!　美味しい！　アレクの作った料理は絶品です！」

「相変わらず凝った料理を作るわねー。私も作れるようになった方がいいかしら？」

誰のために？　料理を口に運びながらも、そんな卑屈な考えが頭を過《よ》ぎる。アリスの料理は壊滅的だ。俺の『毒耐性』スキルがなきゃ、美味しく食べれないぞ？

「ふー美味しかったー！　明日は四階まで行きましょう！　明後日は最下層に行ってボス戦に挑みます！　どうでしょうか、アレク！」

「ああ、いいと思うよ。消耗品も全然消費してないし、食料もまだまだあるからね」

「それで、明後日以降はどうするの？　まさかEランクダンジョンに行くとか言わないわよね？」

アリスが俺の目を見つめる。

アリスが俺をFランクダンジョンに留まらせたい理由は、他の一年生とパーティーを組ませるためだろう。自分が抜けたあとの前衛を探すために、他の生徒と仲良くなって欲しいのだ。

「そうだな……俺達三人ならEランクダンジョンも問題なく行けるだろうし、Fランクダンジョンを攻略したら、すぐにでもEランクダンジョンに潜るとしよう！」

俺達三人なら。

アリスの目を見据えて、力強く告げる。俺の小さな悪足掻《わるあが》きと言ってもいい。お前が必要だと、遠回しに伝えているのだ。

だがアリスは、ため息を零して項垂《うなだ》れる。そして俺を諭すように言葉を返した。

「私達三人ならね？　でも……武闘大会が終わればそうはいかないのよ？　アレクなら、分かるでしょ？」

「……」

「え、え？　なんで武闘大会が終わったらそうもいかないのですか？　もしかして四人に増やさないといけないのでしょうか？」

見当違いの発言をするユウナ。彼女はアリスの今後について知らないのだ。武闘大会が終わり次第、アリスが学園を去って帝国に行くということを。

「まぁ、そんなところよ。だから新しくパーティーに入れる人材を探すのも悪い手じゃないでしょ？」

「私としては男性がいいです！　これ以上女性を増やすの嫌ですからね！」

アリスがユウナに合わせるように会話を続ける。まるで、これからもずっと一緒だと言わんばかりに。

「……どうにもならないのかよ」

やっとの思いで絞り出した言葉に、アリスの瞳を泳がせた。ユウナは状況を掴めておらず、何事かという顔をしている。

俺はアリスの瞳を見つめ、アリスの返事を待った。

「どうにもならないのよ。私はラドフォード公爵家令嬢、アリス・ラドフォードだから」

アリスの瞳は揺らがず、確固たる決意を映していた。ユウナに悟られぬよう、笑顔を崩さずに答えてくれたアリス。俺も彼女の覚悟を受け取り、精一杯の笑顔を作った。

「分かった！　俺も他の生徒と仲良くなれるように頑張るよ！」

「そうよ！　アレクならできる！　頑張りなさい！」

言葉を交わし終えると、俺達は視線を逸らす。俺は土壁を設置するために立ち上がり、アリスは食事の後片付けを始めた。ユウナは俺達の変わりように驚きつつも、アリスと一緒に食事の後片付けを行う。

準備が整ったら、収納袋からベッドを二つ取り出し、俺達はそれぞれのベッドへと入っていく。

「それじゃあお休み。明日も頼んだぞ！」

「おやすみなさい！」

「おやすみ」

それから静寂が訪れ、暫くすると寝息が聞こえてきた。俺は二人が寝ているのを確認すると、ベッドから降り、先ほど消してしまった焚《た》き火に、もう一度火を灯した。ユラユラと揺れる火が、体を温める。

「どうにもならないのか……」

俺の頭にあるのは、どうすればアリスと一緒にいることができるか。ただそれだけだった。

前世では略奪愛なんて、ありふれたものだったかもしれない。どこかのサイトでは、そういう作品が流行っていたこともあった。だがこの世界で国の皇子相手にそんなことをしてみろ。最低でも奴隷落ちは確定だ。下手したら俺は打首《うちくび》で、国家間の溝《みぞ》を作る羽目になってしまう。

「何してるの？」

聞こえるはずのない声に驚き、後ろを振り返る。どうやら寝ていたはずのアリスが起きてしまったようだ。

「ちょっと眠れなくてな。起こしちゃったならすまん」

「いいわよ、私も眠れなかったし。ホットミルクでも作る？」

「俺が作るよ。ちょっと待ってろ」

「そう、じゃあ待つことにするわ」

そう言って俺の隣に座るアリス。俺は二人分のコップを取り出して鍋《なべ》にミルクを注ぎ、火の上に置かれた網の上へと設置する。

「一つ聞きたかったの。アレクはユウナのことどう思ってるの？」

「は？　どう思ってるってどういうことだよ」

「好きかどうかよ。結婚するんでしょ？　貴方達」

「そんな話が出てるのは確かだけど、今のところそのつもりはないよ。陛下とヨルシュ様が勝手に仰ってるだけさ」

まさかアリスからそのことについて聞かれるとは思わなかった。従姉妹ということで心配してるのだろうか。正直ユウナは可愛いし、好きか嫌いかで聞かれたら好きと答える。だが結婚とまでいくと、二つ返事できるほどではない。

コップの中のミルクに膜《まく》が張り始めた。そろそろかと思い、両手を伸ばしたその瞬間、俺の左肩にアリスの頭が乗っかった。驚きと動揺で、伸ばしていた両手が止まる。

「じゃあ、私は？」

「へ？」

「私のことは、好き？」

アリスの言葉に、喉の奥で音が鳴る。あの夜とは違い、今度は確かなことを聞かれているのだ。

俺は覚悟を決め、アリスの方へ顔を向ける。

「俺はアリスが好きだ。だから、どこにも行って欲しくない。俺の隣にずっといて欲しいんだ」

アリスに伝えるか迷っていた言葉が、次々に口から出ていく。

「ちょっと料理が下手なところも、少し勝気で男勝りなところも、全部全部好きなんだ！　アリスと一緒に、色んな所に旅に行って、沢山の思い出を残したい。だから――」

俺が最後にもう一度、想いを伝えようとした時、アリスの人差し指が俺の唇に触れ、俺の言葉を遮った。

アリスは頬を赤く染めながら、恥ずかしそうに笑ったあと、一言だけ呟いた。

「もう十分」

彼女の唇が俺の頬に触れる。

数秒後、何事もなかったかのようにアリスはベッドに戻っていく。

コップの中のミルクが泡を立て、吹き零れ、折角の焚き火が音を立てて消えていった。

■

アリスに想いを打ち明けてから一週間が経過した。

この一週間の間に俺達三人は見事Fランクダンジョンを攻略してみせた。ユウナのレベルも10に上がり、ステータスも軒並み上昇した結果、ひ弱だった頃の彼女の面影はなくなっていた。

普通に走れるし戦闘も苦もなくこなすようになった。これならすぐにでもEランクダンジョンの攻略を始められると思ったのだが、そうはいかないのが人生というものである。俺自身は全く気にも留めていなかった問題があったのだ。

それは「アレク・カールストン子爵家の屋敷はどこにあるのか？」という問題である。

ダンジョン攻略を終えた俺は陛下に呼び出され、「以前話した屋敷についてだが、正式にアレクへ所有権を移すことになった！」と言われたのだ。そういえばそんな話題も上がっていたなと思い返していたのだが、結局自分で屋敷を決めることはできず、陛下に勝手に決められてしまったのである。

その結果、屋敷で働く従者を雇わなければいけなくなった。住まなくても別に困らないのだが、貴族の体面上そうはいかない。

陛下からいただいた屋敷は俺が暮らしていたカールストン家よりは小さかったもののそれなりに大きいため、維持するのにも人材が必要であった。ざっと見積もってもメイドが五人は必要だろう。それに加えて庭師や料理人、執事と必要な人材を挙げればキリがない。

他の貴族と比べれば領地を治めているわけではないし、お役所仕事をしているわけでもないから必要な人材は少なくて済むが、それでも多くの人間を雇うこととなる。それに『解体』スキルが絶対にバレないという保証もないので、口が堅い人間を選び出さなければいけない。

「それで相談相手が私というわけですか」

「ええ。リッツさんなら俺のスキルについてもご存じですし、アルフさんのような素晴らしい人材を紹介していただけるかと思いまして」

「そうですねぇ。一番よいのはアレク君のお父様から従者を数名頂戴することですが、それはできないのですよね？」

「そうですね……私は嫌われていましたので。それに、父から何かをいただくというのは貸しを作ってしまいそうで正直嫌なのです」

貸しを作るのは勿論嫌だが、それよりも嫌なのが情報の漏洩《ろうえい》である。父の元から送られてきた従者ということは、俺を無視し続けた奴らということだ。そんな奴らと同じ屋根の下で過ごすなど吐き気がするし、俺のことを探《さぐ》るために送られてきたと考えてしまう。少なくとも信頼することは永久に不可能だろう。

「そうですか。下級貴族出の方を雇うという手もありますが、アレク君はまだ若いですしあまりお勧めできません。年上の従者に強く出れずに、言いくるめられてしまうという可能性もありますからね。となると……」

リッツさんは両手の上に顎を乗せながら言葉を詰まらせる。暫くの間ブツブツと呟いていたが「これが一番よいか」と言ってアルフさんを手招きして耳打ちをした。アルフさんはリッツさんの話を聞いたあと、深く頷き部屋を出ていってしまった。

「私の下で働いていた従者を二人紹介いたします。どちらも優秀ですのでアレク君の力になってくれると思いますよ」

リッツさんがにこやかに笑いながら紅茶をすする。

数分後アルフさんが二人を引き連れて部屋へと帰ってきた。二十代くらいだろうか、背が高く目つきが鋭い男性に、物腰が柔らかそうな女性の二人組だ。

「紹介します。マーク・ドノバンにレイチェル・バノンです。年齢的にはまだ若いですが、二人とも男爵家の出ですので一通りの所作や知識については不足ないかと。さらにマークに関しては私の後継として育ててきましたので、アレク様のお眼鏡にかなうかと思います」

アルフさんが頭を下げながら彼らのことを教えてくれた。それと同時に二人も頭を下げてくる。

「二人とも、アレク君に挨拶しなさい」

リッツさんがそう言うと、男性の方が勢いよく頭を上げ、胸に手を当てながら自己紹介を始めた。

「はい！　マーク・ドノバンと申します！　未熟者ではございますが、アレク様のお力になれますよう精一杯働かせていただきます！」

「え、あ、はい。よろしくお願いします」

あまりにも熱が籠った挨拶だったので思わずたじろいでしまった。背が高いのと鋭い目つきのせいで威圧的に感じてしまったが、その態度からは人の好さそうな雰囲気が醸し出ている。

「レイチェル・バノンと申します。アレク様の身の回りのお世話からお屋敷の管理までなんなりとお申し付けください」

マークの時とは違い、お淑《しと》やかに頭を下げるレイチェル。ユミルさんと比べるのもおこがましいというレベルだ。俺は彼女に向かって軽く頭を下げた。

「他にも従者が必要だと思うけど、それに関してはマークに選んでもらえばいいと思うよ。王都には奴隷商もあるし、契約してしまえば情報漏洩の心配もないからね」

「本当にいいんですか？　二人とも凄く優秀そうなんですけど」

「問題ないよ！　鶏竜蛇村の件のお礼だと思ってもらえれば！　……下手したらユウナ様の呪いの原因だって、私の首が刎《は》ねられてたかもしれないからね」

紅茶をするリッツさんの腕がカタカタと震え始める。

確かに鶏竜蛇村があるのはリッツさんの領地内なのだが、問題を放置していたのは王国だし、アーデンバーグ家が報告を怠ったのが問題だろう。まぁそれらを有耶無耶《うやむや》にされてリッツさんに罪を被せに来る可能性もあったか。

「そういうことならありがたく頂戴いたします。マークにレイチェル、これからはよろしく頼むよ」

「よろしくお願いいたします」

「よろしくお願いいたします!!」

これで二人の優秀な従者を手に入れた。残りの従者の選定は二人に任せて、俺はダンジョン探索に集中することができる。

「今日は遅いから私の屋敷に泊まっていくといい。二人も色々と準備や引き継ぎもあるだろうからね。アレク君、出発は明後日でも問題ないかい？」

「ええ。二人の準備が整い次第で構いません。それまではこのお屋敷で日頃の疲れを取らせていただきますよ」

「そうかい！　そうと決まればアルフ！　晩餐《ばんさん》の用意を頼むよ！」

「かりこまりました」

リッツさんが紹介してくれた二人が信頼できる人間かどうか、正直言って今の段階では判断のしようがない。今後の彼らの行動を見て判断するとしよう。

その後、マークとレイチェルの二人を連れ、陛下からいただいた屋敷に到着した。

それから二人がすぐに行動を開始し、あれよあれよという間に俺の私室と寝室の準備が完了した。

その後も奉公人の募集やら他の従者の募集をするといって手配に取りかかってくれた。

■

カールストン家に新しい従者が加わり、慌ただしかった日常にも平穏が戻ってきた。俺が王都に来てから寝泊まりしていた寮の部屋にはもう行くことはないだろう。

この屋敷を手に入れたおかげで、俺自身が料理をする必要も身の回りのことをする必要もなくなった。買い出しも従者に任せることになったし、俺がやることは何一つなくなったのである。

「えっと、それじゃあ……行ってきます」

いつぶりだろうか。自分以外の人間に「行ってきます」の挨拶をするなど。家族から嫌われた俺が、もう一度こんな温かい挨拶を交わすとは思わなかった。

「お気を付けて行ってらっしゃいませ！」

マークとレイチェルを筆頭に従者達が俺に頭を下げる。

彼らを見ていると、帰るべき場所を手に入れた気分になる。そんなことを考えながら料理人達が作ってくれたお弁当が入った収納袋を握りしめ、俺は屋敷をあとにした。

今日は久しぶりに三人でダンジョンに挑む予定なのだ。ユウナもEランクダンジョンに入れるようになったことだし、これからは三人の時間をもっと増やしていきたい。アリスと一緒にいられる時間も、残り僅かなのだから。

「アレクよ！　元気にしていたか!!」

背後から聞き覚えのある声がした。俺は後ろに振り返ることもせず、彼に返事を返す。

「よぉヴァルト。そっちこそ元気にしてたか？」

「当然だ！　私の傍にはニコがいるからな！　ハハハハ!!」

ヴァルトが俺の背中を力強く叩く。その惚気《のろけ》自慢が少し気に障り、俺は眉間にシワを寄せながらヴァルトの方へ振り向いた。

「そんなことよりヴァルト。来週の選抜大会には出場するのか？　俺とアリスの本戦出場が決まっているから、個人戦はあと一人しか出れないみたいだぞ？」

「出るに決まっている！　アレクとアリス様が出場しているというのに、親友である私が出場しないとなると、仲間外れになってしまうからな！　何がなんでも出場してみせる！」

「仲間外れになんかしないさ。ヴァルトが選ばれることを願っているよ」

「任せておけ！　バッカス家の名にかけて、ウォーレン学園の代表になってみせる！」

天へと拳を伸ばし、高らかと宣言するヴァルト。そんな彼を嘲笑《あざわら》う生徒達。しかし、彼の隣には彼のことを信じきっているニコがいる。彼女がヴァルトにバレないように拍手をしている姿を見ると、少し羨《うらや》ましい気分になる。

「門の前で馬鹿な奴がいると思ったら……恥ずかしいからその手を早く下げなさいよ」

ため息混じりの声が聞こえて、ヴァルトの体が一瞬固まった。一緒に盛り上がっていた俺も頭を掻きながら声の方へ顔を向ける。

「おはよう、アリス」

数日ぶりに会ったアリスは少し照れた笑みを浮かべていた。

「おはようアレク。ヴァルトは相変わらずお馬鹿さんなのね。ニコはこんな奴のどこがよいのかしら」

「おはようございますアリス様。そういった駄目なところもすべて含めてヴァルト様ですから」

「それならいいけど。ヴァルトもさっさと手を下げなさい！　一緒にいる私達が恥ずかしいでしょ！」

アリスにどやされて拳を下ろしたヴァルトだったが、一つ咳払いをしたあと、何事もなかったかのように会話に入ってきた。

「お久しぶりですアリス様！　お元気そうで何よりです！」

「まぁね。私のことよりも貴方、選抜大会に出場するつもりなの？」

「ええ！　個人戦で出場する予定です！」

「そうなの。まぁ入学試験で試験官を圧倒した貴方なら、余裕で代表になれるでしょうね。頑張りなさい？」

そういえば、ヴァルトは入学試験で試験官に唯一傷を負わせたと聞いたことがある。試験管がどれほどの実力があるかは知らないが、大人を圧倒することができるなら代表入りは確実だろう。

「はい！　無事代表入りできましたら、アレクの屋敷で祝勝会でも開きましょう！」

「おい！　勝手に俺の屋敷を会場に決めるな！」

「それはいいわね！　ヴァルトもたまにはいいこと言うじゃない！」

「はぁ……あんまり汚すなよ？　まだ陛下からいただいたばかりなんだからな」

「それくらい分かっている！」

門の前で騒ぎだす俺とヴァルトとアリス。周囲の視線は先ほどと同じはずなのに、なぜか全く気にならなかった。

この空間があまりにも心地好すぎたから。

■

「それじゃあヴァルトの代表入りを祝して……乾杯！」

「「「乾杯！」」」

太陽が沈み、夜空に美しい月が浮かび始めた頃、四つのグラスが少し不快な音を奏《かな》でながらぶつかり合う。中に注がれていたアッポウのジュースを一気に飲み干し、俺達は笑顔で談笑をし始めた。

この会話を邪魔する者は誰一人としていない。給仕を務めていたメイド達も、一旦部屋の外に出ていってもらっている。

今日はヴァルトの代表入りを祝した祝勝会を開いている。場所はヴァルトの望み通り俺の屋敷で、ゲストはいつものメンバーだ。

「想像以上に広いわね、アレクのお屋敷。ここに貴方一人で暮らすのは寂しいんじゃない？」

「いや？　俺はこの屋敷に来るまで一人で暮らしてたようなもんだったからな。寧ろマークやレイチェル達がいるおかげで騒がしく感じるよ」

「そう？　だったらいいのだけど」

俺の返事を聞き、アリスが満足そうに頷きながら食事へ手を伸ばす。ユウナは身内以外の屋敷に来たのが久しぶりだったのか、部屋をキョロキョロと見渡していた。ヴァルトはニコがいないからかどこか寂しそうにしている。ニコも呼んだのだが、俺達に気を遣ったのか今日は来ていない。

「決勝戦はギリギリだったわね。黙っていたけど……正直負けると思ったわ」

「私もです！　ヴァルトさんが吹き飛ばされた時は思わず顔を覆ってしまいましたから……」

アリスとユウナの言葉に同意の視線を送る。

ヴァルトの決勝戦の相手はなんとデイルだったのだ。しかもデイルは以前と比べ物にならないほどの実力をつけていた。詠唱や剣を使うタイミングなど、すべてにおいてヴァルトを上回るほどに。

勝因はデイルの魔力量が少なかったのと、ヴァルトが『火球』を斬れるようになったのが大きかっただろう。デイルがあの場で『火矢』を放てる魔力があれば、もしかしたら順位は変わっていたかもしれない。

「ハハハハハ！　まぁ私の実力の方が上だったということですな！　結果がすべてと言いますし、能あるゴブリンは布を隠すと言いますでしょ？」

「能あるオーガは角《つの》を隠すだ。お前のそれじゃゴブリンがわいせつ罪犯してるだけじゃねーか」

「ん？　そうなのか？　まぁなんでもいいだろ！」

馬鹿笑いをするヴァルトに半ば呆れる形で会話が終わる。そんな中、俺とヴァルトの会話の内容が恥ずかしかったのかアリスとユウナは頬を少し赤く染めていた。アリスがその恥ずかしさを打ち消すかのように、大きめな声でヴァルトへと言葉をかける。

「それはそうと、ヴァルト！　いい加減私に敬語で話すのをやめてくれないかしら？　アレクにはため口で私には敬語っておかしいでしょ！」

何を言いだしたかと思えば、俺がまだ彼女達とパーティーで顔を合わせていた時にアリスがヴァルトにお願いをしていたことだった。

「あーそうだな。なんでヴァルトはアリスに敬語なんだ？　公の場所ならまだしも、今は俺達だけしかいないんだ。もう少し砕けた口調でもいいだろ？」

「そ、それはだな。私が侯爵家の人間でアリス様が公爵家の御令嬢という立場だからだ。それに、お前の口調は砕けすぎだぞ！　アリス様だけではなくユウナ様を呼び捨てにするなど、あってはならんことだ！」

声を荒らげながら俺を指差すヴァルトであったが、その顔は酒でも飲んだかのように紅潮していた。正論ぶってはいるが、もしかして今まで続けていた口調を崩すのが恥ずかしいだけなのではないか？

その予想が的中していたのか、ヴァルトは俺の視線から逃げるように顔を逸らした。俺は少し意地悪してやろうと、外堀を埋めていくことにした。

「本人がそう呼んで欲しいって言ったからそう呼んでるだけだ」

事実、ユウナは俺にそのように頼んでいるため、この発言は嘘ではない。格上の相手が頼んだ願いは叶えるべきであり、実際に叶えた例がいるということを教えてやるのだ。

「そうですよ！　アレクには私のこと呼び捨てで呼ぶようにお願いしたんです！　ヴァルト様もアリスお姉様のお願いを聞いてあげるべきです！」

「し、しかしですねぇ……」

逃げ場がなくなったのか、ヴァルトは俺を一睨みしたあと、アリスの方へ顔を向けた。アリスはヴァルトを見つめながらニコニコと笑っている。

「ア、アリス様……」

ヴァルトの声掛けに、アリスは表情を崩さず口も開きもしなかった。どうやらヴァルトがアリスにため口を使うまでこのままでいる気らしい。ヴァルトもそれを察したのか、顔を下に向けて顔を真っ赤にさせながらアリスのことを呼んだ。

「あーもう分かりましたよ……アリス！　これでいいだろう！　勘弁してくれ！」

「何よ照れちゃって！　少しはアレクを見習いなさい！」

ヴァルトが恥ずかしそうに頭をガシガシする仕草を見て、アリスはヴァルトを弄《いじ》り始めた。アリスは何事もないように振る舞ってはいるが、彼女も少しは照れているようでそれを必死に隠そうとしているのが分かる。

俺とユウナはそんな二人を見て笑いながら食事を楽しむのだった。


そして祝勝会が終わり夜も更けだした頃、俺はベランダで一人夜空を眺めていた。

ユウナとアリスは二人同じ部屋で眠りに就いているだろうし、ヴァルトも空き部屋で眠っていることだろう。

未婚の女性、しかも王女と公爵家令嬢が異性の屋敷に外泊など大問題だと思うのだが、ユウナとアリスに押しきられてしまったため、仕方なく三人を泊まらせることにした。

「星が綺麗だな……」

格好をつけたわけではない。ただただ、心の声が漏れてしまっただけだ。誰もいないのだから問題ないと思っていたのだが、どうやらその声を耳にした存在がいたらしい。

「そろそろ冬が訪れるからな。理由は分かっていないが、冬の夜空はどの季節のものより美しいらしいぞ？」

自慢げに語るヴァルトの声が背後から聞こえてきた。俺は恥ずかしさを隠すように普段通りの口調でヴァルトに声をかける。

「まさかヴァルトの口からそんな知識が披露されるとは思わなかったよ」

「ニコが教えてくれたのだ。だからこの季節になると、夜空を眺めてから寝ることにしている」

「そうだったのか。それで、どうしたんだ？　もう寝ているもんかと思ったぞ」

「いつもなら熟睡している時間だ。だが……今日はニコがいないせいか中々寝つけなくてな。散歩でもして体を疲れさせようとしていたら貴様の声が聞こえてきたというわけだ」

恥ずかしがることもなく淡々と語るヴァルト。

ヴァルトにとってニコはなくてはならない存在なのだろう。欠伸《あくび》を少し堪えながら、愛おしい存在を思うかのように夜空を眺めるヴァルトが、俺にはとてつもなく眩しく見えてしまった。

アランデル語も十分に読むことができない癖に、自分の気持ちは隠さずに相手に伝えることができる。俺とは正反対の奴の性格が、羨ましくもあり妬《ねた》ましくも思ってしまう。好意を寄せる相手と、思うがままに距離を詰めることができるのだから。

「ヴァルトは……ニコと結婚するつもりなのか？」

夜の雰囲気に充《あ》てられたのか、俺は胸の中で抱えていたことをヴァルトに尋ねてしまった。

ヴァルトは侯爵家の嫡男《ちゃくなん》であり、将来的にフェルデア王国の一翼を担う存在になるであろう。一方のニコは奴隷である。当の本人が結婚を望んでいたとしても、それが許される環境ではないはずだ。

俺はアリスに好意を伝えたが、それ以上の関係にはなれなかった。アリスが帝国の第二皇子と婚姻を結ぶのだから。それをアリスが望んでいなかったとしても、俺はそれを受け入れることしかできない。立場上、アリスを奪うことなどできないのだ。

だからこそ、立場というものに縛られている者同士であるヴァルトに否定して欲しかった。俺が感情を押し殺し、導き出した答えを、代わりに肯定してもらいたかった。

「そのつもりでいる。私はニコを愛しているからな」

屈託《くったく》のない笑顔で即答するヴァルト。

予想通りの返事に、俺は拳を握りしめる。なぜこんなにも軽々しく返答できるのか理解できない。

「たとえ貴族じゃなくなったとしてもか？　奴隷と侯爵家の次期当主の結婚なんて、国が認めてくれるはずがないだろ」

「努力はするつもりだ。侯爵家夫人に相応しいよう、ニコにも教育をしている。それでも受け入れてもらえないのであれば、私はニコと共に国を出るつもりだ」

真っ直ぐな瞳で俺を見つめるヴァルトに返す言葉が見つからない。「国を出る」という選択肢が彼にはある。俺がその選択肢を採った場合、フェルデア王国と帝国の関係は悪化するだろう。下手をすれば俺は罪に問われ、その身を追われることになる。

別に俺はそうなっても構わないが、アリスにまで苦しい気持ちを味わわせたくはない。そもそも、アリスが俺の提案を受け入れてくれるかは分からないのだが。

「……本当に好きなんだな、ニコのこと」

「当然だ。貴様はそうではないのか？」

ヴァルトの問いかけに、俺は苦笑いで答える。それが納得いかなかったのか、ヴァルトは俺を睨みつけてきた。

「貴様、アリス様を好いているのではないのか！」

「好きさ。お前がニコを愛しているのと同じくらい、俺はアリスが好きだよ。それでも、叶わない願いだってあるんだよ」

察してくれと言わんばかりの俺の言葉に、ヴァルトは呆れた様子で息を吐いた。そして俺を小馬鹿にするかのように口を開く。

「叶わない願い……か。つまり、貴様がアリス様を思う気持ちはその程度だったということだ。他の誰かに取られようが、貴様は見て見ぬふりをするのだからな」

どうやら、ヴァルトはアリスが帝国の第二皇子と婚姻を結ぶことを知っていたらしい。流石は侯爵家の子息といったところか。耳が早いことで。

両手を広げ、やれやれといった様子のヴァルトに苛立ちを覚える。胸倉を掴み、「お前に何が分かる」と叫んでやりたい気持ちになったが、俺は大人だ。この程度の挑発に乗るような馬鹿ではない。

「お前と比べられても困る。アリスは帝国の第二皇子と婚姻を結ぶんだぞ？　俺がそれをぶち壊してもしたら、二ケ国の関係が悪化する」

そうだ。だから俺が諦めるのは間違いじゃないんだ。誰もが俺の立場ならこの選択をすべきなんだ。

「だからアリス様を奪い逃げるような真似はしないと。随分と賢い子ではないか。吐き気がするほどにな」

「……なんだと？」

ヴァルトの予想外の言葉に、俺は取り繕うこともできずにヴァルトを睨みつける。ヴァルトはそれを気にもせずに言葉を続けた。

「貴様はただの臆病者だ。自分が後ろ指を差されるのが怖くて、アリス様の婚姻を言い訳にし、行動に移そうともしない」

「……お前に何が分かる！　俺は世間からの非難なんて気にしない！　アリスと一緒にいられるならそれでいいんだ！」

俺は苛立ちを抑えきれずにヴァルトの胸倉を掴み、彼の言葉を否定した。胸の内をヴァルトに見透かされ、悔しくなったからかもしれない。アリスと結婚はできないという言い訳を自らで作ってしまっていたのだから。

「だったらアリス様と共に国外にでも逃亡すればいいではないか！　それかご自慢の頭でなんとかしようと策を練ればいい！　なぜそれをしない！」

「策を練ったところでアリスが傷つくだけだ！　それなら流れに任せて時を待った方がいい！　もしかしたら相手側が婚約を破談するかもしれないだろ⁉」

心で願っていた思いをぶちまける。

その願いが叶う可能性が低いことも分かってはいる。それでも、それが一番平和的な解決方法なのだから仕方がないのだ。

「他人任せでお前にとって最愛の人の将来を決めるのか？　……ふざけるな！」

ヴァルトに突き飛ばされ、奴の右拳が頬を襲った。

『物理耐性』持ちでステータス的にも圧倒的に優位に立っているはずだったのに、ヴァルトの拳は痛かった。殴られた頬よりも胸の奥に響き渡る激痛だ。

久方ぶりの痛みに、俺は思わず尻もちをつく。

「男ならその手を取り、引っ張っていくものだろうが！　いい加減にしないと貴様斬り殺すぞ！」

声を荒らげながら俺を見下ろすヴァルト。その真っ直ぐな瞳が、俺に期待していることを物語っていた。「私の親友ならそれくらいしてみろ」と、逃げ場のない信頼をぶつけてきたのだ。

全く、二度もこいつに助けられることになるとは思いもしなかった。

「……アリスが辛い目に遭うかもしれないんだぞ」

「貴様が守れ！」

ニコがこいつを好きになった理由もこういうところなんだろう。

「一生逃亡生活が続くかもしれない」

「貴様が守れ！」

オウムのように同じ言葉を繰り返すヴァルトに、思わず吹き出してしまう。だがおかげで覚悟は決まった。俺は、俺の願いを、俺自身で叶えてみせる。それがどんな茨《いばら》の道であろうとも。

「……断られたらどうすんだよ」

「その時は慰めてやらんこともない！」

鼻で笑いながらヴァルトが差し出した右手を、俺は力強く握り返した。

あの日、二人で夜空を眺めた時のように、三日月が白く輝く空の下で。

■

ヴァルトに頬を殴られた翌日、俺は早速行動を開始した。朝食を食べに食堂に現れたアリスに対し、デートのお誘いをしたのだ。勿論、婚姻の件があるため、初めは断られてしまったのだが、そこはゴリ押しでなんとか承諾を得ることに成功した。

「これでいいよな？　大丈夫だよな？」

「大丈夫です。自信をお持ちになってください」

「分かった……行ってくる」

鏡の前で勝負服に身を包んだ自分を見つめること数分。レイチェルが表情を変えることなく告げた「自信を持て」という言葉を信じ、俺はようやく覚悟を決めて部屋の外へと足を踏み出した。

屋敷の外で待機していた馬車に乗り込み、アリスが待つラドフォード家の別邸に向かう。

俺の屋敷からラドフォード家の屋敷までは馬車で十分の道のりだ。俺の中では二、三分くらいにしか感じられなかった。緊張しているせいか、普段よりも時間の流れが早いように感じる。


「アレク様、足元にお気を付けください」

「ああ。ありがとうマーク」

屋敷の前に到着し、馬車の扉が開く。俺は震える足で地面へと降り立ち、深呼吸をした。それと同時に屋敷の扉が開き、紅色の髪を揺らしながらアリスが現れる。普段の制服姿とは違い、青を基調とした可愛らしい服に身を包んでいる。

「遅いわよ！」

不満をあらわにして俺のことを睨みつけるアリスだが、その頬は少し紅潮していた。

彼女の顔を見たからか、先ほどまで緊張していたのが嘘のように俺の心は落ち着きを取り戻していた。アリスと会話できるだけで嬉しいと感じてしまうのは少しやばい気もするが。

「悪い、色々と準備に手間取ったんだ」

「まぁいいわよ。それで？　今日はどこに行くつもりなのかしら？」

「馬車の中で教えるよ。さぁお手をどうぞ、アリス様」

そう言ってアリスの手を取り、アリスと共に馬車へと乗り込む。俺達が席に座ったのを確認し、マークが扉を閉め、馬車が動き始めた。対面に座るアリスは、俺と視線を合わせようとせず、髪の毛を弄《いじ》りながら外の景色を眺め始める。

「目的地を教える前に、アリスに伝えたいことがあるんだ」

「なに？」

窓の外を眺めながら返事をするアリス。俺は彼女の横顔に向け、何度も練習したセリフを口にした。

「俺は君が好きだ。この世界で何よりも、誰よりも、君が好きだ」

俺のセリフを耳にしたアリスは、驚いた様子で俺を見つめてきた。そして耳まで顔を真っ赤にしたかと思うと再び窓の外へと視線を移してしまう。

暫くの間、静寂に包まれた馬車だったが、アリスが悲しそうな顔をしながら、ポツリと呟き始めた。

「……アレクの気持ちは嬉しいけど、その気持ちには応えることはできないと言ったはずでしょ？私は帝国の――」

「それは知ってる。俺はアリスの気持ちが知りたいんだ。アリスは俺とその皇子様、どっちが好きなんだ？」

アリスの言葉を遮り、彼女の心に問いかける。

アリスは俺の気持ちに気付いたのか、いつになく真剣な表情になり、俺の瞳を真っ直ぐに見つめ返してきた。

「それを聞いてどうするつもり？」

「ただ知りたいだけだよ」

アリスの問いかけに、瞳を逸らすことなく静かに答えた。アリスはその言葉を聞き、一度深くため息をついたあと、その重い口を開いた。

「そう……なら言わせてもらうわ。私もアレクが好き。でもそれとこれとは別の話なのよ。フェルデア王国が帝国と深い縁を結ぶまたとない機会。私の感情でどうこうできるモノじゃないの」

アリスの瞳は言葉を紡ぐにつれ、大きく揺れていた。「アレクが好き」と言ってくれた時の穏やかな笑みと優しい瞳。それが彼女の本心であることは鈍い俺でもすぐに分かった。そしてまた、私の感情でどうこうできるモノでもないと言った言葉も彼女の本心なのだろう。自分の立場上、望んだ将来でなかったとしても受け入れなくてはならない現実があるのだと。

だが彼女の口から聞くことができた。

俺のことが「好き」だということを。

「そうか。まぁあれだ、ひとまず両思いだと知れてよかったよ。それじゃあアリスは帝国との婚姻話がなければ俺と結婚してもいいってことだよな？」

喜びを隠しきれずニヤニヤしながら話す俺を見て、アリスは恥ずかしそうに視線を逸らす。彼女の長い髪を束ねる白い花の付いた髪留めが、チラリと視界に入った。

「話が飛躍しすぎだけど、そういうことよ！　もう気が済んだかしら！」

照れ隠しのためか声を荒らげるアリス。それが愛おしくてたまらなく、胸の奥がギュッと締めつけられるような気持ちになる。それと同時に、俺はこんな愛しい存在を他人に渡そうとしていたのかと、自分に対して怒りの感情が芽生えてもいた。

「ああ、気が済んだ。これで俺も覚悟は決まったよ」

ひとまずヴァルトに慰められる必要はなくなった。あとは俺の頑張り次第というところだろう。

「それでどこに行くのか教えてもらえるかしら？　私はフロマーゼってお店に行きたいのだけど」

「あーワッフルが美味しいお店だな。悪いけどそこへ行くのは、これから行く場所での用事を済ませてからになる」

緊張と不安、そして期待が入り混じった笑みを浮かべる俺を見て、アリスは不思議そうに首を傾げる。

そんな俺達を乗せ、馬車は王城へと走っていくのだった。

王城へ到着し、馬車から降りたアリスは呆然とした表情で王城を見つめていた。なぜここに連れてこられたのか、その理由を理解していないようだった。

「行こうか、アリス」

そんなアリスの手を取り、門へ続く階段を上がっていく。大切な人を守るために、今から始まる戦いの場へと一歩一歩、足を踏み出していく。

「ちょ、ちょっと!」

俺の行動に戸惑いながらも、アリスは俺の手を振りほどくことなく、一緒に階段を上ってくれた。俺達を黙って見守る騎士達の視線が少しむず痒く感じたが、今はただ陛下が待つ場所へ歩を進めるだけだ。

城内を練り歩き、とある部屋の前で俺はその足を止める。部屋の扉を見てアリスは驚きの表情を浮かべた。

「ここ叔父様のお部屋じゃないのよ……どういうこと、アレク!?」

「少し時間を作ってもらったんだよ。大事な話があるからって手紙を送ってね」

俺はそう言ってアリスの左手を強く握り、彼女の顔をじっと見つめた。アリスは自分の左手に視線を送ったあと、俺の瞳を見つめ返してきた。

未だに俺が何をする気なのか理解できていない、アリスは首を傾げながら俺の名前を呼ぶ。

「アレク?」

俺の瞳を真っ直ぐに見つめ返してくる壊れそうなほど美しい瞳が、宝石のように紅《あか》く輝く綺麗な髪が、俺の心を高ぶらせる。自然と左手がアリスの頭へと移動していき、手のひらが彼女の頭の上に触れた。

「もう少し上手くやれたらよかったんだけど……ごめんな」

ひとしきりアリスの髪の毛を撫で回したあと、俺は一度深く息を吐き、戦場の扉をノックした。

中から声が聞こえたのを合図に、俺とアリスは扉を開いて部屋へと足を踏み入れる。

部屋の奥にはフェルデア王国の現王である、アルバート・ラドフォード陛下が豪華に彩られた椅子に座っていた。その隣には予想外の人物もいたのだが、俺は気にすることなく陛下に向けて深々と頭を下げる。その隣でアリスは陛下の隣に立つ人物を見て思わず口を開いていた。

「お父様!?　なぜここに!?」

アリスの言葉に、エドワード公爵は手を振ることで返事とした。

「陛下。このたびは急な申し出にもかかわらず、お時間を取っていただきありがとうございます」

「気にするな。大切な娘を救ってくれた男が、私に会いたいというのを断る理由もなかろう」

「ありがとうございます。まさかエドワード閣下もいらっしゃるとは」

「ちょうど兄と話すことがあったからね。私も君と一緒にアリスがいるのを見て驚いているところだよ！」

そう言って穏やかな笑みを浮かべるエドワード公爵。俺は、その隣で厳《おごそ》かな態度を取る陛下を見て、いつもとは違うこの場の雰囲気を感じ取った。エドワード公爵がこの場にいる理由は、今回俺がしようとしている話を見据えていたからかもしれない。

「して、アレクよ。何用だ？」

陛下の一言で、その場にいた全員の息が詰まる。すべてを見透かすかのようなその瞳に、俺は唾を呑み込んだ。これから行う交渉が、上手くいかない気がしてならない。だが、賽《さい》は既に投げられたのだ。

「はい。まどろっこしい話をするつもりはありません。私がここへ来た理由は、アリスの婚約についてです」

「ほぉ？　お主がなぜそれを知っておる。アリスの婚約については一部の者にしか情報を渡していないつもりじゃったが」

「アリスに直接聞きました。帝国の第二皇子、ハロルド殿下と婚姻を結ぶと」

「うむ。向こうからの申し出でな。是非アリスと婚姻を結び、帝国と我が国との絆《きずな》をより強いものにしようと。帝国とは和平を結んでもう数百年が経つのじゃが、ここでその絆を深めることができるのはとてもよいことじゃ」

淡々とした表情で語る陛下。

言葉が続くにつれ、俺の隣で立ちすくむアリスの表情は曇っていった。体の前で絡めていた両手が微かに震えている。それに気付かず、陛下はまだ話を続けようとしていた。

俺はそれを遮るように口を開き、ここへ来た理由を言葉にした。

「その婚姻を破棄していただきたいというのが、私がここへ足を運んだ理由です」

俺の言葉を耳にした三人は目を見開き、驚愕するような表情を浮かべた。唯一、話を遮られた陛下だけが眉間にシワを寄せて俺を睨みつけている。

俺はそれに臆することなく続きの言葉を口にする。

「私はアリス様をこの世の誰よりも愛しております。彼女が他人のものになるなど耐えられないのです」

アリスの震える手を右手で包み込みながら、俺は彼女の方へ顔を向けた。「こんな所で何を言い出すの！」とでも言わんばかりに口をパクパクさせるアリス。しかしその耳は真っ赤に染まり、頬は紅潮を隠すことができないほど赤くなっていた。

「そうだったのか！　もしかしてアリスもアレク君のことが好きなのかい？　昔からアレク君の話ばかりすると思っていたが、そういうことだったのか！　もっと――」

俺の愛の告白になぜか大興奮し始めたエドワード公爵。アリスも実の父親から暴露されるとは思っていなかったのか、ゆでダコのように顔を真っ赤にして下を向いてしまった。

だが陛下は表情を崩すこともなく、興奮するエドワード公爵を手で制する。

「待て。……アレクよ。それがまかり通るとでも思っているのか？　これは普通の貴族同士による婚姻とは訳が違うのだぞ。二ケ国の王族同士の婚姻なのだ！　お主はその意味が分かっていて発言しておるのか！」

「分かっております。だからこそ、婚姻破棄に値《あたい》するものを提示するつもりです」

陛下が言っていることは正しい。婚姻破棄をした場合、俺がどうやったとしても二国間の間に溝が生じるだろう。その溝を最低限なものにしてもらうには、陛下の協力が必須なのだ。

その陛下の協力を得るためにも、婚姻破棄をしてもなお余りあるほどのものを提示する必要がある。

「婚姻破棄に値するものだと？　なんだ、それは」

そんなものあるはずないといった表情を浮かべるアルバート陛下。

俺も正直言ってそんなものを見つけることはできなかった。だが、だからこそ、俺が持ちうる中で最高のものを提示し、認めてもらうしかないのである。

俺は覚悟を決め、自分の胸に手を当てた。

「それは……私です」

「……ワシに男色の趣味はないのじゃがな」

俺の言葉を曲解した陛下が、少し引き気味でそんなセリフを吐いた。

そのせいでエドワード公爵は「そうだったのかい!?」というような目で俺を見つめてきたが、俺は慌ててそれを訂正する。

「そういった意味ではございません！　私自身がアリス様の婚姻以上に価値があるという意味で

す！　これをご覧ください！」

俺は詠唱を唱え、胸からステータスカードを取り出し陛下に手渡した。そこには以前話していなかった、「契約者」の文字が映し出されていた。

嘘偽りなく表示された俺のステータスを見て、陛下は目を見開いて驚愕の表情を浮かべている。そして「契約者」の欄に記されている二人の名前を見て口を開いた。

「アレクよ！　この『契約者』とは一体なんじゃ！　なぜここにユウナとアリスの名が記されておるのじゃ！」

陛下の言葉に驚いたエドワード公爵は、陛下からカードを奪い取った。そして自分の娘の名が記されている場所を見つけたあと、陛下と同じセリフを俺に向けて口にした。

「アレク君！　この『契約者』とは一体なんなんだい！　なぜここに娘達の名が記されているんだ！」

「『契約者』とはその言葉通り、私と契約をしている者のことです。現在はユウナ様とアリス様のお二人しかいません」

「だから一体なんの契約をしとると言うんじゃ！」

何の答えにもなっていない俺の返答に、陛下は苛立ちを抑えようともせずに机を叩いた。それに怯えることはなく、俺は淡々と説明していく。

「以前お話しした私のスキルについて覚えていらっしゃいますか？　モンスターを解体し、そのモンスターが所有しているスキルを自分のモノにできるという」

「ああ覚えておる！　それがどうしたというのじゃ！」

「こちらが『解体』で入手したスキル玉というモノになります。このように胸に当てると取り込むことができ、スキルを習得することができるのです。このスキル玉を取り込むことができるのは、私と『契約者』になってくださったお二人だけです」

「現在のところは」という言葉は伏せて、「契約者」が二人だけであることを伝える。その恩恵がどれほどのものかは、この世界に生きる者であれば説明せずとも分かるだろう。

「そ、それはつまり、娘達もアレク君と同じようなステータスになっているということかい？」

「契約者」についていち早く理解したエドワード公爵が、自分の娘を見つめながら俺に問いかけてきた。その表情は喜んでいるというよりも、どこか困惑しているといった様子である。

「それほどまでとはいきませんが、ユウナ様は私と同じように火魔法を使えるようになりましたし、『物理耐性』のスキルも会得しています。アリス様が私の『契約者』として傍にいてくださるのであれば、先の出来事のように危険な目に遭うこともなくなります」

　標的がアリスだったかは定かではないが、洗脳の一件があった以上、アリスの身を守るのは、親族にとって最優先事項であろう。そのためにも、アリス自身がより強くなれば父親としても叔父としてもこの上なく安心できるはず。「契約者」としての能力アップに加えて、さらに俺が近くにいることで、彼女の身の安全は限りなく確かなものにできるのだ。

ない頭で考えた交渉がこれなのだが、勿論上手くいくとは思っていない。予想通り陛下の表情はあまりよいものではなかった。

「話は理解した。だがそれが今回の婚姻を破棄するほどの価値があるとは思えん。お主が娘達を強くできるのであれば、婚姻を結ぶ前にそれを行えばよいまでじゃ」

「それはそうですが、このスキルには未検証の部分もありまして。もしものことがあってアリス様のステータスが元に戻った場合、近くに私がいなければどうしようもできません」

勿論そんなことはあり得ない。俺が傍にいなければならないという、強引な理由付けに過ぎない。だが、アリスの身を案じるのであれば、不安要素を消し去るまで俺を傍にいさせることを優先してくれるはずだ。

「そうなったらそれまでの話じゃ。帝国にも優れた兵は沢山おる。お主の力がなくともアリスの身を守るには十分なはずじゃ」

俺の願いも空《むな》しく、陛下は帝国との婚姻を優先した。背もたれによりかかり、「これで終わりか？」とでも言わんばかりに息を漏らす。

そんな陛下の姿を見て、アリスは俯いてしまった。彼女の手を握っていた右手から、再び微かな振動が伝わってくる。

俺は目を閉じ、「一つの可能性」を閉ざした。彼女だけではなく、彼女の周りの人間も笑顔でいられる未来。それを願って交渉に臨んだのだがそれが叶わないというのであれば、俺が望む未来はもう一つの可能性の方だ。

「……陛下が望むのはどのような世界でしょうか？」

俺は陛下に問いかけた。一国の王が望む世界がなんなのか、知りたかったから。

「なんじゃと？」

「陛下が望まれているのは、どんな世界かお聞かせ願いますでしょうか」

俺の質問に、陛下は真剣な表情で答え始める。

「……すべての民が笑い、飢えることなく暮らせる世界じゃよ。戦《いくさ》はなく、すべての国が手を取り合える世界じゃ」

実に王らしい答えだ。とても美しく、誰しもが望む理想の世界である。そんな世界があれば誰もが行ってみたいだろう。

「お主はどうなんじゃ？　どんな世界を望む？」

今度は逆に陛下が俺に問いかけてくる。

俺は隣で俯くアリスの顔をチラリと見たあと、陛下に向けて笑顔で答えた。

「愛する人が、心の底から幸せだと言える世界です。その人が私の隣にいてくれれば、なお嬉しいですが」

そう答えたあと、俺は右手を握りしめた。手の中にあるものを壊さないように。

眉をひそめる陛下に、俺は言葉を続けた。

「彼女のおかげで私は人を愛するということを知りました。それがどれだけ美しく、……時には醜いものなのかも。だから私は、陛下のように綺麗な世界を望むことはできません。私が欲しいものは、綺麗ごとだけじゃ手に入りそうもないみたいですから」

そう言いながらアリスの方を向き、再度右手を握りしめる。先ほどよりも強く、俺の思いの丈《たけ》を彼女にぶつけるために。

俯いていたアリスの手が俺の右手を握り返してきた。その熱さが、その強さが、俺の心を優しく包み込んでくれる。

それが嬉しくてたまらなく、俺は口元の笑みを抑えることができずに口角が上がる。そのまま陛下の方へと顔を戻し、視線を逸らすことなく陛下の瞳を真っ直ぐに見つめた。

「そのためならなんでもすると？」

俺の覚悟が伝わったのか、陛下は呆れた様子で問いかけてきた。

「ええ。彼女が望むなら、世界中逃げ回ってみせます」

「できるわけがないだろう」と陛下も言わない。俺の実力があれば、それも可能だと分かっているからだ。

俺を説得するのが難しいと見た陛下は、俺からアリスへと視線を移し、アリスに優しく問いかける。

「アリスはどうしたいんじゃ？」

「私は……」

アリスが俯きながら口を開く。婚姻を結ぶか、俺の手を取るか。公爵家の令嬢として正しい振る舞いがどちらかと言われれば、間違いなく前者であろう。おそらく陛下もその返事を期待しているに違いない。

アリスがどちらを選択するか、正直賭けだ。彼女が俺を選んでくれる可能性が一分《いちぶ》でもあるのなら、その可能性を信じるだけ。

だが空《むな》しくも、アリスの手が俺の右手から離れていく。

俺は瞼を閉じ、溢れ出そうになる涙を堪えた。

これがアリスの出した答えなのだから、俺はそれを甘んじて受けるしかないのだ。

フラれる覚悟を決めた直後、俺の右腕に細い腕が絡みついてきた。そしてそのまま俺の右手が力強く握りしめられる。その万力のような力強さに、思わず瞼を開いて右側へと目をやった。

そこには――

「私はアレクの傍にいたい！　ずっと、ずっっっっっっっっっっとそう願ってたの！　やっとこの手を掴めたのよ！　絶対に絶対にもう離したりしないわ!!」

目から雫を流し、頬を真っ赤に染めたアリスの笑顔があった。

■

時は流れ、時刻は十五時を回ったところだ。

馬車に揺られながら目的地を目指す俺とアリス。その腕は蛇のように絡まっており、接着剤でくっ付けたのかとでも言うかのようにビクともしなかった。

「な、なぁもういいだろ？　流石に恥ずかしいんだって！」

「い・や・よ！　もう離さないって決めたんだし、折角の初デートなんだからこれくらい我慢しなさい！」

俺の腕を掴んで離さないアリスは、「行くわよ！」と言って俺を引っ張りながら馬車を降りていく。俺は周囲の視線を気にしながらも、目的地であるお店の中へ歩を進めていった。

「ここがフロマーゼね！　やっと食べに来られたわ！」

ワッフルが美味しいことで有名なこのお店は、現在王都に住む若者の注目を一手に集めているのだ。庶民でも手が出せるお手頃価格でありながら、店の雰囲気は料亭にも負けず劣らずといったところが人気の秘訣なのだろう。

「正直ここに来る予定はなかったから、予約とかしてないんだが……どうする？」

店の前にできた行列を視界に入れながらアリスに尋ねる。待つことを嫌がる女性もいるというし、なるべく嫌な雰囲気を作りたくないのだ。

「待ちましょ！　貴族だからって割り込みとかするのはなしだと思うわ！」

俺の心配をよそに、アリスは笑みを浮かべながら列の最後尾へ向かって歩き始めた。俺は彼女に引かれるがまま足を動かす。

最後尾に到着し、店の入り口までの距離を確認したあと、会話の内容を探し始める。

というのも、カップルが別れる原因となる理由の最たるものが、待機時間で生まれる気まずさだからだ。そうならないためにも、俺はアリスを楽しませなければならない。

（ここは鉄板のネタからいくか？　いや待てよ……そもそも俺は鉄板のネタなんか持ってない！というか女性とデートしたことだって片手で数えられるほどしかないじゃないか！　どうする俺！）

頭を悩ませた結果、ゴブリンの布を嗅いだことについて話そうと口を開きかけた時、腕を掴んでいたアリスがポツリと小さく呟いた。

「……なんだか実感が湧かないわ。まだ夢の中にいるみたい」

店から出てきた男女の二人組をボーっとした表情で見つめるアリス。腕を絡ませ合いながら仲睦《なかむつ》まじく歩くその姿に、今の俺達を重ねているようだ。

「夢にされたら困るな。アリスは俺の……その、あれだ。婚約者なんだからな」

いざ言葉にすると中々に恥ずかしいものではあるが、俺はアリスの存在を確かめるように絡ませた腕を自分へと引き寄せながら告げる。

アリスはその言葉を聞き、俺の方を一度見たあと恥ずかしそうに視線を逸らした。そして頬を少し紅《あか》く染めながら嬉しそうに微笑んでいる。

「でも、まさかお父様が帝国との婚姻に反対してたとは知らなかったわ。お見合いの手紙を渡してきたのはお父様だったし」

「そうだったのか。俺はエドワード様ならアリスのことを考えてくれると踏んでいたから、正直あの場にいてくれてラッキーだと思ってたぞ」

アリスの語った内容に少し驚きつつも、俺は数分前に王城で繰り広げられた世紀の兄弟喧嘩を思い返していた。

——「絶対に絶対にもう離したりしないわ!!」

アリスが涙を流しながらそう叫び、喜びに胸を高鳴らせた俺。少し呆気に取られている陛下に、その隣で目を大きく見開き、顎が外れそうになるほどに口を開いているエドワード公爵。

想像もしていなかったアリスの発言と行動に、エドワード公爵は嬉しそうに話し始めた。

「まさかアリスがこんなにも誰かを愛せるようになるなんて……剣術の訓練に夢中だったこの子が！　しかも相手がアレク君だなんて！　なんて素晴らしいことだろう！」

ホロホロと目から涙を流し、鼻水をすすりながら語るエドワード公爵に俺は少し引いてしまう。

公爵は興奮冷めやらずといった様子で、アリスの元へ歩み寄ってくると、俺の空いている方の手を取って微笑んでくれた。

「おめでとうアリス。父としてこんなにも嬉しいことはない。必ず幸せになりなさい」

「お父様……」

美しい親子愛に感動する暇もなく、エドワード公爵の視線は俺へ移る。その瞳は喜びを見せる反面、「父」としての思いを秘めていた。

「アレク君」

「はい」

「君には三度も救われてしまったね。初めてはあのパーティーの日に娘と友達になってくれたこと。二度目はアリスの心を闇から救い出してくれたこと。そして、三度目が今日だ」

そう言ってアリスの方を愛おしそうに見つめるエドワード公爵。俺もつられてアリスへと視線を移し、三人の視線が交差していく。

「君の職業やスキルが素晴らしいことは十分に理解しているつもりだ。だがそれは君を形成するもののほんの一握りでしかない。どうか、アリスが好いた君でい続けてくれたまえ」

エドワード公爵は話を終えると、俺とアリスの背に手を回して力強く抱きしめてくれた。信頼と愛情と、そして少しの寂しさが胸の中に伝わってきた気がした。

エドワード公爵が離れた直後、空気のような存在になっていた陛下が、咳払いをしながら重い腰を上げて立ち上がる。俺達は焦って姿勢を正し、陛下へ顔を向けた。

「エドワード……なぜ貴様が勝手に話を進めておるのじゃ？　ワシは婚姻を破棄するとは言っておらんぞ？」

陛下の言葉に、嬉しそうにしていたアリスの表情が再び曇りを見せる。その顔を見たエドワード公爵が陛下を睨みつけ、声を荒らげた。

「私の娘の将来を、私が決めて何が悪いんです？　それに私は元々この婚姻には反対だったんですよ！　それを貴方が話だけでもと言うから、仕方なくアリスに手紙を渡しただけです！」

「そうは言っても、これは一国を揺るがすほどの問題じゃ！　断るのにもそれなりの理由がいるであろう！」

「娘の命を救った英雄ですよ！　それ以外に理由など必要ないでしょうが！　大体兄上はいつも自分勝手に進めすぎなんですよ！　もう少し周りに目を配らせてみてはいかがですか!!」

「なんじゃと！　そう言う貴様も娘のこととなれば人が変わったようになるではないか！　王弟としての立ち振る舞いがなっとらん！」

二人の兄弟喧嘩は白熱していき、いつの間にかアリスの婚姻をどうするかという話題から、お互いの愚痴のぶつけ合いにシフトしていった。

結局、エドワード公爵の勢いに押しきられた陛下が負けを認めた形となり、アリスの婚姻についても断りの連絡を入れてくださることになったのだった。

――時は戻り、長い間並んでいた行列とようやく別れを告げることとなった。

店の中へと入り、席に着いた俺達は店員から聞いたおすすめの品を注文した。

並んでいた時間のおかげか、俺とアリスはいつものような会話をできるまでに落ち着きを取り戻していた。

「ずっと分からなかったんだけど、あの子達が言ってたことも分かった気がするわ」

「あの子達？」

「元パーティーの子達よ。よくここへ来ていたみたいなの。前は『なんでダンジョン攻略中にそんな話してるのよ！』って思っていたけど……」

申し訳なさそうに苦笑いを浮かべるアリス。彼女が傷つけた子達と向き合えるようになって、本当によかったと思う。

少し落ち込んだ表情を見せるアリスを見ていると、俺はとあることに気付いた。

「そういえば、俺が送ったネックレスはどうしたんだ？　してないみたいだけど」

アリスの胸元を指差しながらそう告げると、彼女は袋を取り出した。その中からネックレスを取り出し、俺の眼前でぶらぶらさせて見せる。

「ちゃんと持ってるわよ。肌身離さずにね」

アリスはそう言うと、俺の右手にネックレスを預けてきた。絡ませていた腕を離し、両手でその紅《あか》い髪の毛をかき上げ俺に背を向けた。ほのかに香るバラの匂いが俺の欲望を刺激する。

「……着けてくれない？」

俺は言われた通り、彼女の首にネックレスをかけていく。止め具を付け終えると、アリスは俺の方へと向き直り、嬉しそうに笑いながら三日月を手のひらに載せた。小さく輝く三日月があの夜のことを思い出させる。

「綺麗だな、それ」

思わず口から出た俺の言葉に、アリスは目を細めながら頷いた。頬を紅《あか》く染め、その深紅の瞳を輝かせながら――

「貴方がくれたからよ」

言葉を告げたアリスの唇が俺の唇に触れる。

熱を帯びたその小さな唇が、微かな震えを置いていく。

ゆっくりと彼女が離れたあと、俺達は見つめ合いそして、静かに笑い合った。

■

晴れて俺はアリスと結ばれた。

初デートも難なくこなし、順風満帆のスタートを切れる、そう思っていたのだが、人生はそう甘くはなかった。

「どれがいいですかねー。お姉様は決めました⁉」

「赤色か黒色で悩んでるんだけど、ユウナは決めたの？」

「私も青色か赤色で悩んでるんです……」

ドレスを眺めること二時間。二人は未だにどのドレスにするかを選びかねていた。

今日は武闘大会の前に開催される懇親会で身に纏うドレスを購入しに来ているのだ。俺とアリスは別に買う必要はなかったのだが、ユウナは表舞台に立つ用のドレスを十分に持っていなかったため、俺達も一緒に購入することとなったのだ。

「ねぇアレク。どっちが似合うかしら？」

二人を傍観していた俺に、アリスが問いかけてきた。ここは慎重に答えを導き出さなければならない。センスがないと思われたら、捨てられるかもしれん。

俺の緊張を知らないアリスは、赤と黒のドレスを交互に体に重ねている。黒色のドレスもアリスの紅髪《あかがみ》がよく映えて似合ってはいる。だがやはり、アリスには赤が似合っている。怒りっぽいところとか、色で言えば間違いなく赤だしな。

「赤い方がいいんじゃないか？　アリスって感じがするし、とっても似合ってるよ」

「……そ。じゃあ赤にするわ」

俺の意見を聞いたアリスはそっけなく返事をして、試着室へ入っていった。ほっと胸を撫で下ろしたのも束の間、矢継ぎ早に名前が呼ばれる。

「アレク！　私はどっちがいいですか⁉」

アリスの番が終わると次はユウナの番である。ユウナは赤色と青色のドレスを手に持ちながら、交互に体に当て始めた。

そもそもユウナは素材がよいので、どちらのドレスも似合っているのだが、どちらかと言えば青の方が似合っている気がした。

「青の方がよいんじゃないか？　ユウナに似合ってるよ」

「そうですか⁉　じゃあ青にしますね！」

俺が選んだ方の青いドレスを持ち上げながら、試着室へ入っていくユウナ。

二人の姿が見えなくなったことに、俺は息を吐いた。分かっていたが、女性と買い物をするのは本当に体力がいるのだな。

俺は襟元を緩め、椅子に腰を下ろした。普段着ている制服とは違い、着慣れていない服だからだろうか、肩や首が凝って仕方がないのだ。

「よく似合ってるではないか！　やはり私も白にするべきだな！」

そんな俺の肩を叩きながら、ヴァルトは俺の服装を褒めてくれる。俺は苦笑いを浮かべながら「ありがとう」と礼を言う。そして暫く間を開けて、俺はもう一度ヴァルトに礼を言った。

「ありがとな、ヴァルト」

二度目の感謝の言葉に、ヴァルトは大笑いし始めた。

「そんなに自信がなかったのか!?　安心しろ！　男前だぞ！」

「そうじゃなくてさ……あの日、俺を殴ってくれたことだよ」

恥ずかしさを紛らわすかのように、遠回しで伝えたが、ヴァルトはそれを理解してくれた。そして俺の背中に強烈な張り手を食らわせたあと、「気にするな」と一言だけ呟いた。

この男には救われてばかりいる。アリスと仲直りした際も、今回の一件もヴァルトがいなければ辿り着くことができなかった結果だ。だからこそ、今後こいつが何かに悩んだりしていたら、それを助けてやれる男になりたい。

そんなこっ恥《ぱず》かしいことは口が裂けても言えないのだが。

「それにしても、貴様が世の男に憎まれていないか心配になるな！　あんなに美しいお二人を娶《めと》ることができるなど、貴様の運は使い果たされたのではないか!?」

ヴァルトが高笑いしながら発した言葉に、俺の胸はドキンと音を立てる。考えないようにしていた悩みの種を、無理やり引っ張り出されてしまった。

俺はため息を零しながら両手で顔を覆う。

「なぁヴァルト。同時に二人の人を好きになるって、おかしいのかな」

「正直、私には理解ができないことだな。私はニコだけを愛している。それ以外の女性に恋愛感情を抱いたことは一度たりともない」

「だよな……」

「まぁそれはあくまでも私の話だ。貴様がお二人を同時に愛しているのであれば何も問題はなかろう。お二人もそれを許してくれているのだろ?」

ヴァルトの問いかけに俺は小さく頷いた。

俺がアリスに告白したことも、口づけを交わしたことも、ユウナには伝わっている。というか、アリスが勝手に伝えていたのだ。そこで、私のだから諦めなさいとでも言ったのかと思っていたのだが、どうやら違ったらしい。


ユウナに呼び出され、彼女の口から俺に伝えられた言葉は——

「いつになったら私にプロポーズしてくださいますか?」

だった。

突然の言葉に動揺を隠せず、慌てふためいた俺だったが、ユウナは真剣な表情で真っ直ぐに俺の瞳を見つめてきた。なぜか椅子に座りながら、我関せずといった様子で紅茶をすするアリスがいたのも驚きだったが。

「アレクは私のことがお嫌いですか?」

瞳を潤ませながら俺に問いかけるユウナ。

嫌いなわけがないだろう。嫌いな人間のために自分の秘密をさらけ出してまで、その人の命を救おうとするわけがない。

「えっと……好きだけど」

そう告げながら横目でアリスの顔を確認する。睨まれると思ったのだが、アリスは何食わぬ顔で茶菓子を食べていた。

「それなら私とも婚約してくださいますか？」

「え？　それは、その……なんというか」

怒濤《どとう》の勢いで攻めてくるユウナにたじろぎ、言葉を濁しながら再度アリスへと視線を送る。

アリスは空《から》になったティーカップに紅茶を注いでいた。なぜ助けてくれないんだと、視線を送り続けていると、ユウナから思いもよらない言葉を告げられる。

「アリスお姉様は『ユウナなら問題ないわ』と仰ってくれました！」

「はぁ？」

驚きの発言に耳を疑ったが、ユウナの顔は嘘をついているようには見えない。

俺は口を開けたままアリスの方へ顔を向けた。俺の驚いた顔を見たアリスは、紅茶を一気に飲み干したあと、椅子から立ち上がって俺の方へ近づいてきた。

そして俺の胸を人差し指でつんつんしながら口を開いた。

「本当よ。だってアレクは私のこと愛してるんでしょ？　それとも何かしら。他の人と結婚したら私への愛情が薄れるとでも言いたいわけ？」

「いや、そういうわけではないけどさ……俺はアリス達が他の男に取られるのが嫌なんだけど」

この世界では貴族の場合のみならず、裕福な者であれば一夫多妻の家庭も多い。子供が大きくなるまでに亡くなる可能性を考え、後継ぎを用意しておきたいからだろう。

だが俺が長年暮らしていたのは一夫一婦制の世界。自分が二人の妻を娶るなんて想像もしていなかったし、正直言って抵抗がある。

もし俺の甲斐性《かいしょう》がなく、二人に対して同じ愛情を注ぐことができなかったら、別れを告げられてしまうかもしれない。そんな恐怖が頭から離れないのだ。

俺の悩みを見抜いたのか、アリスは俺の顔を両手で押さえ込み、顔を目と鼻の先まで近づけてきた。ユウナも負けじとアリスの横へと顔を持ってきて、同じように両手で俺の顔を押さえ込んできた。

「馬鹿にしないでよね！　アレク以外に私の体触らせるつもりなんか、これっぽっちもないわよ！」

「そうです！　私だって他の人に触られるくらいなら、鶏さんに頼んで石にしてもらいますから！」

そんな嬉しい言葉を伝えてくれたあと、二人は自分の言葉に恥ずかしくなったのか、耳まで真っ赤にさせた。

それでも手を離すことなく、俺の瞳をじっと見つめてくるアリスとユウナ。

「……分かった。二人とも、ありがとう」

――とまぁここまではよかったのだ。俺が頭を抱えている問題は、ユウナにするプロポーズについてである。

アリスにしたのよりもレベルが低すぎたり高すぎたりすると、間違いなくどちらから文句を言われるに違いない。言われずとも、心の中で思うはずだ。そうならないように、アリスに思いを告げた手順で告白をする必要がある。

ミーリエン湖で月を見ながら「綺麗だ」と告げる。ダンジョンの中でミルクを飲みながら愛の告白。馬車の中で愛の告白。陛下の前で愛の告白。ずっとこんなもんだとは思うのだが、割と多い気がするのは気のせいだろうか。

「ヴァルト。愛の囁きはここぞという時だけにした方が身のためだぞ」

「ん？　なぜだ？」

「実体験から導き出した答えだよ。頭の片隅にしまっとけ」

ヴァルトに人生のアドバイスを送ったあと、俺は二人が出てくるのをじっと待った。

■

ドレスを購入し終えた俺とアリスとユウナは、ヴァルトと別れ、冒険者ギルドへと向かっていた。

理由は言わずもがな、ユウナの冒険者登録及び、パーティーへの加入申請のためである。

「アリスと違って、王女であるユウナが冒険者になるのとか、流石に許されないと思うんだが」

ギルドに向かう馬車の中で俺は不安な気持ちを吐露する。そもそも、冒険者が馬車でギルドに向かうということもあり得ないのだが。

「それじゃあ私だけ仲間外れじゃないですか!! 私だってアリスお姉様と一緒にアレクと冒険したいのです！」

頬を膨らませ、不満をあらわにするユウナ。そんな彼女に俺は現実を理解してもらおうと説得を試みる。

「いいかユウナ。君がもし冒険者になったら、その身を狙われる機会が格段に増えるんだぞ？ 俺とアリスしかいない状況で、王都から離れたりでもしたら格好の的《まと》だ！」

「近衛騎士の方達よりも、アレクの方がずっと頼りになりますから寧ろ安全です！」

「それはなんとも言えないんだが……とにかく！ 危険な仕事なんか受けた日には、俺が陛下からどやされるんだぞ!?」

「お父様も『王女は強くあるべきだ！』と仰っていましたから、きっと大丈夫です！ もし何かあっても私が押さえてみせますから！」

ユウナの決意は固いらしく、俺の説得には全く動じなかった。

ユウナの身を心配してるからこそ、俺はユウナには冒険者になって欲しくない。近年フェルデア王国は平和が続いており、他国との戦争もない。また跡目争いもユウナには兄が一人しかいないため、変に拗《こじ》れる心配はない。しかしそれを踏まえたとしても、ミーリエン湖での一件やアリス洗脳の件も解決されていない以上は安易に出歩くべきではない。

そう思っているのだが、陛下に対し「俺が傍にいればアリスは守れる」と言ってしまった手前、ユウナを守れないとは言えない。

「まぁいいんじゃない？　アレクの傍にいるより安全な場所なんてそうそうないでしょうし。危ない依頼は受けないようにすればいいんだもの」

「……分かったよ。危険な依頼は受けない！　王都から長期間離れるような依頼は避ける！　約束だぞ？」

「分かりました！」

こうして、口約束ではあるが、しっかりとルールを決めた俺達は馬車から降り、ギルドへと入っていく。

冒険者登録のカウンターへと進んでいき、ユウナは無事に登録を完了させた。今日はミシェルさんの姿がなかったので、初めての人とやり取りすることとなった。

受付嬢がユウナのステータスカードを確認した時に、王女だと察したみたいだったが、口を押さえて周囲にバレないようにしてくれて助かった。

それと忘れていたのだが、ユウナは冒険者登録をしたばかりで冒険者ランクがFのため、俺達とパーティーを組んでも上位の依頼は受けることができないのだ。俺が懸念していた点が、ギルドのルールで解決できたのは不幸中の幸いだったと言える。

そして三人でパーティーを組んだことにより、新しくパーティー名を考えようとなった。提案したのはアリスである。だがこの提案により、殺伐《さつばつ》としたギルドの中で盛大な痴話《ちわ》喧嘩が始まってしまったのだ。

「『白銀の狩人』なんて、よく考えてみればイマイチだわ！　別の名前にしましょう！」

「いいじゃないですか『白銀の狩人』！　私の髪の色とアレクの髪の色が合わさった感じがしてとっても素敵です！」

「それがイマイチだって言ってるの！　私だけ仲間外れじゃない！　『白盾と紅剣』なんてどうかしら？　私とアレクの戦い方にピッタリの名前よ！」

「それじゃあ私の要素がないじゃないですか！」

受付嬢がアタフタするなか、アリスとユウナはお互いの意見を譲らない。お互いが決めたパーティー名を記載した書類を受け取らせようと、受付嬢の手を握りしめていた。

「パーティー名なんてなんでもいいだろ？　受付の人も困ってるみたいだし……」

これ以上、事を荒立てるのはまずいと思い、二人の仲裁を試みる。しかし、それが失敗だった。

ユウナとアリスは握りしめていた受付嬢の手を放し、怒りをぶつけるかのように俺の体に書類を叩きつけてきた。

「じゃあアレクが決めてください！」

「じゃあアレクが決めなさいよ！」

そう言って書類から手を放し、受付へと俺を押しやる二人。困惑の表情を浮かべる俺に、苦笑いを浮かべる受付のお姉さん。

どちらかを立てれば、どちらかが立たず。そんな選択を迫られているのだ。これから先も、似たような状況に立たされることは間違いないだろう。俺はまだ見ぬ未来に胃をキリキリさせながら、必死に頭を回転させた。

もはやなすすべなしと思えた矢先、一筋の光が俺の脳内を照らす。浮かび上がってきた名案に、俺は心の中でガッツポーズをしながら、二人に提案した。

「……俺が考えたパーティー名でもいい？」

二人は声を揃えて「「どうぞ！」」とだけ言い、俺の行動を見守ってくれた。俺はすぐさま白紙の書類へと手を伸ばし、パーティー名を記載していく。書き終えた俺は二人に見せることもなく、さっさと受付に提出した。

「これでお願いします!!」

「ありがとうございます!!　……『紅銀の契約者』ですね！　リーダーはアレク様で登録させていただきます！」

受付の人がやっと終わったと一息ついたのも束の間、俺の背後から怒涛の口撃が始まった。

「何よ『紅銀の契約者』って！　アレクの要素がどこにもないじゃないの!!」

「そうですよ！　三人なのに私とアリスお姉様だけのパーティーみたいになってるじゃないです

か!!」

予想通りの言葉に俺は心の中で笑みを浮かべる。その笑みとは裏腹に、苦悶の表情を浮かべながら二人の方へと振り返った。俺の意外な表情に、アリスとユウナは驚いて口を止める。

「どうしてもいい名前が思いつかなくてさ……。それに、俺は二人と繋がってるから、名前なんて仮初《かりそめ》のモノに縛られなくてもいいかなって。ダメだったか？」

俺の言葉に二人は恥ずかしそうに視線を逸らす。

「だ、ダメなんかじゃないわよ！　最高のパーティー名だわ！　ねぇユウナ!?」

「そ、そうですよ！　流石アレクです！」

二人の様子を見て俺は天から授かりし言葉に感謝した。俺達三人の冒険はここから始まっていくんだ。


〈END〉

月が導く異世界道中
Tsukiga Michibiku Isekai Dochu
あずみ圭
Azumi Kei
1~18
8.5
シリーズ累計
350万部
(電子含む)
の超人気作!
TVアニメ第2期
2024年1月から
2クール
放送決定!
異世界へと召喚された平凡な高校生、深澄真。彼は女神に「顔が不細工」と罵られ、問答無用で最果ての荒野に飛ばされてしまう。人の温もりを求めて彷徨う真だが、仲間になった美女達は、元竜と元蜘蛛!? とことん不運、されどチートな真の異世界珍道中が始まった!
薄幸系男子の成り上がりファンタジー、開幕!
なんでだろう 親の都合で異世界へ
読者賞受賞作!
待望の書籍化!
とことん不運、されどチート!!
2期までに
原作シリーズもチェック!
●各定価：1320円(10%税込)
●illustration：マツモトミツアキ
1~18巻好評発売中!!
漫画：木野コトラ
●各定価：748円(10%税込) ●B6判
コミックス1~12巻好評発売中

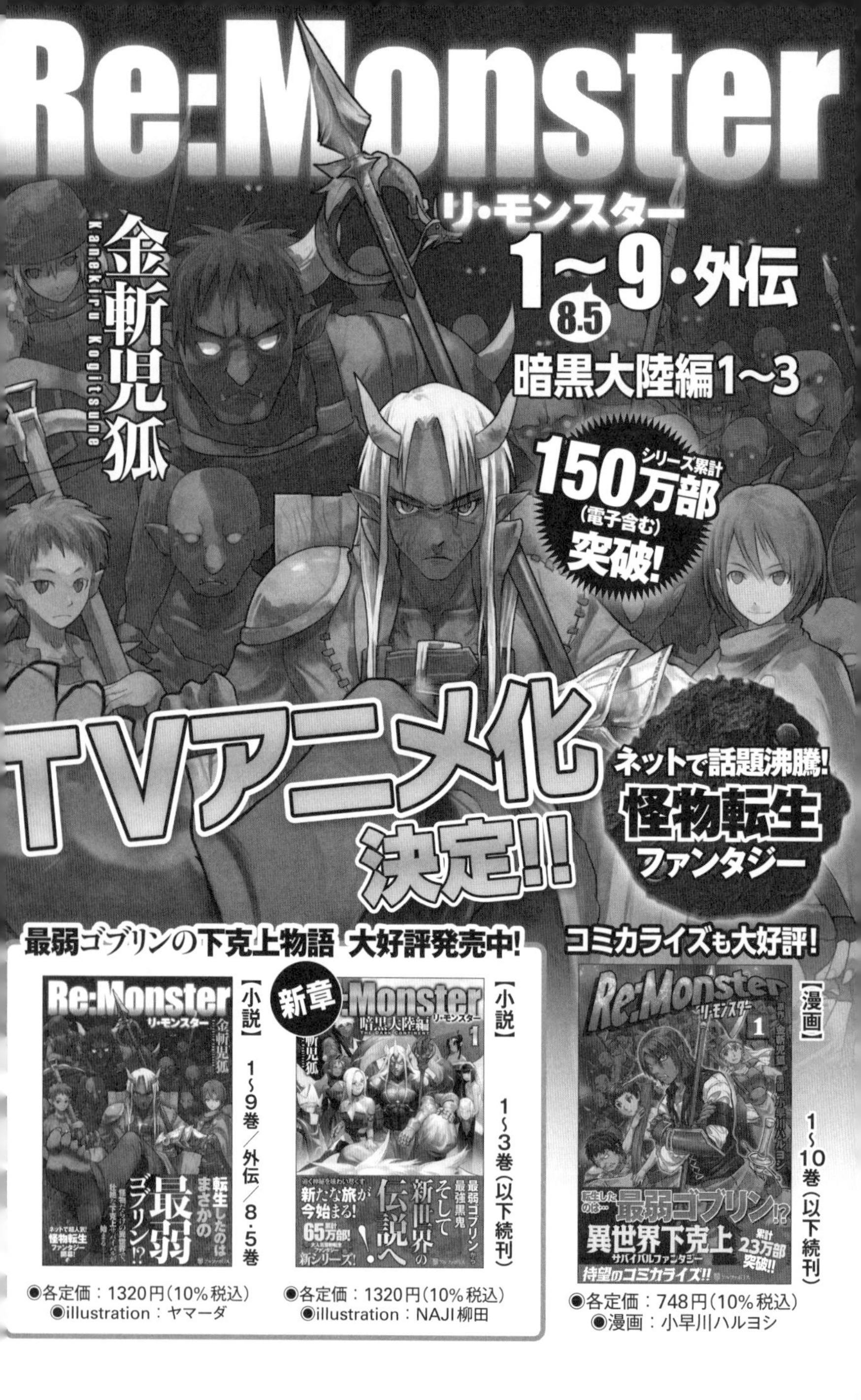
Re:Monster
リ・モンスター
金斬児狐
Kanekiru Kogitsune
1～9・外伝
8.5
暗黒大陸編1～3
シリーズ累計
150万部
（電子含む）
突破！
TVアニメ化
決定!!
ネットで話題沸騰！
怪物転生
ファンタジー
最弱ゴブリンの下克上物語　大好評発売中！
【小説】
1～9巻／外伝／8・5巻
新章
【小説】
1～3巻（以下続刊）
コミカライズも大好評！
【漫画】
1～10巻（以下続刊）
◉各定価：1320円（10%税込）
◉illustration：ヤマーダ
◉各定価：1320円（10%税込）
◉illustration：NAJI柳田
◉各定価：748円（10%税込）
◉漫画：小早川ハルヨシ

チート薬学で成り上がり!
著 めこ
伯爵家から放逐されたけど…優しい…子爵家の養子になりました!
神スキルで人生逆転!
頼られまくりの万能薬師!

チート薬学で成り上がり!
著 めこ
伯爵家から放逐されたけど…優しい…子爵家の養子になりました!
重い病気から頭皮の悩みまで速攻解決!
神スキルで人生逆転!
頼られまくりの万能薬師!

この作品に対する皆様のご意見・ご感想をお待ちしております。

おハガキ・お手紙は以下の宛先にお送りください。

【宛先】

〒150-6008東京都渋谷区恵比寿4-20-3恵比寿ガーデンプレイスタワー8F
（株）アルファポリス　書籍感想係

メールフォームでのご意見・ご感想は右のＱＲコードから、
あるいは以下のワードで検索をかけてください。

アルファポリス　書籍の感想　検索

ご感想はこちらから

本書はWebサイト「アルファポリス」（https://www.alphapolis.co.jp/）に投稿されたものを、改題、改稿、加筆のうえ書籍化したものです。

最強《さいきょう》の職業《しょくぎょう》は解体《かいたい》屋《や》です！ 3

ゴミだと思《おも》っていたエクストラスキル『解体《かいたい》』が実《じつ》は超有能《ちょうゆうのう》でした

服田晃和《ふくだあきかず》　著

2023年10月31日初版発行

編集ー芦田尚・矢澤達也
編集長ー太田鉄平
発行者ー梶本雄介
発行所ー株式会社アルファポリス
〒150-6008東京都渋谷区恵比寿4-20-3恵比寿ガーデンプレイスタワー8F
TEL 03-6277-1601（営業）03-6277-1602（編集）
URL https://www.alphapolis.co.jp/
発売元ー株式会社星雲社（共同出版社・流通責任出版社）
〒112-0005東京都文京区水道1-3-30
TEL 03-3868-3275
イラストーひげ猫
URL https://www.pixiv.net/users/15558289
デザインーAFTERGLOW
印刷ー図書印刷株式会社

価格はカバーに表示されてあります。

落丁乱丁の場合はアルファポリスまでご連絡ください。

送料は小社負担でお取り替えします。


ISBN978-4-434-29893-6 C0093